Para Louis

With love

Lazaro

@lazaro

Rafa J. Felix.

El balcón de Lázary

Cuentos en tiempos de cuarentena

Lázary

Aliarediciones

Diseño de cubierta: Laura S. Ayuso
Corrección: Julia Salas
Maquetación: Aliar Ediciones

Depósito Legal: GR 209-2022
I.S.B.N.: 978-84-19285-01-0

Impreso en España

Edita
ALIAR Ediciones
www.aliarediciones.es
info@aliarediciones.es

El balcón de Lázary

Cuentos en tiempos de cuarentena

Lázary

PRÓLOGO

No es fácil que nos sorprenda un escrito la primera vez que lo leemos. Sabemos que casi todo ya está dicho, lo que lo diferencia es la manera en que está escrito. Esto lleva el lacre de su autor. Hoy en día nos encontramos con multitud de poemas, relatos e historias que parecen copiadas una de otras, y es que la literatura y la cultura en general se mueve tiene en las coordenadas de «la moda», «la modernidad», «lo que se lleva» y para los autores que se mueven en esta dirección todo el demás es «arcaico» y «decadente». Te digo yo como poeta que esto está lejos de la verdad. Se aprende de los grandes. Nada más cercano a la grandeza que la autenticidad en los escritos.

Quizá mi gran descubrimiento al leerte a ti, Lázary, amigo cuentista, es la originalidad dentro del clasismo, el progresismo dentro de lo tradicional. Ahí es donde surge la fuente que fluye desde tu pluma, en esos cuentos y relatos que inundaron tu imaginación de adulto-niño-adulto.

Al leerte vienen a la memoria las palabras de un poema de Rubén Darío donde dice que:

«Cuando se tiene en la mano
libro de tal varón,
abeja es cada expresión,
que, volando del papel
deja en los labios la miel
y pica en el corazón»

Esto es lo que inexplicablemente se cumple en las páginas de este libro, son dulces y al mismo tiempo son una llamada con sus nudillos tocando con insistencia ingenua en el corazón porque surgen de una verdad como lo es tu propia verdad.

Lo más sorprendente para mí, lo que llamó mi admiración es la belleza de tus comparaciones y metáforas, me llevaban de alguna manera a Antonio Machado con esas descripciones tan bellas y desbordantes de Castilla... son una nube rosa que cubren totalmente lo tangible, la tierra, el suelo de tus relatos.

Si tengo que exaltar lo más lúcido de tus escritos, sería llamarte CUENTISTA. Una marca que se lleva como un laurel.

Lo que hace a uno ser escritor no es lo que escribe, mi muy estimado amigo, sino lo que lee el lector, lo que transmite a cada alma que se pasea entre las palabras como si un cometa cruzara el cielo.

Lo que hace al cielo ser cielo no es que esté ahí en lo alto, sino como lo ve cada cual según su existencia.

Lo que hace a un escritor serlo no es solo escribir lo que le salga del corazón, sino que, además, a lo largo del tiempo, de los años, de la distancia, de las culturas... cada escrito esté siempre fresco como acabado de escribir.

Y esto sucede con tus cuentos, en tu maravilloso mundo de desamores, conflictos, amistades, riesgos, enamoramientos, desafíos, etc., en tu sorprendente colorido, formas y sueños.

Leerte es entrar en el umbral de lo real porque no hay nada tan real como ver la vida con los propios ojos y que se nos desvele porque siempre ha estado ahí, en esos relatos escritos por alguien que tuvo la sensibilidad de hacerlo posible, por ti, Rafael, que siempre estás ya aquí, al alcance de unos ojos que con su misterio te descubren.

Me imagino a aquel que de pronto un día se cruza en tu camino de letras y te lee. ¡Qué sorpresa! ¡Cuánta belleza puedes llegar a inspirar! Imposible desengancharse de esas descripciones tan coloridas, tan sabrosas, tan musicales... tan certeras. Eres único. Nadie como tú puede escribir: «Era un gallardo caballero, hermoso y de figura altanera, fuerte, alto, de cabello áureo y ojos como el cielo al amanecer» (del cuento, una virgen y un guisante).

Tu introducción (El balcón de Lázary) y los diecisiete cuentos son un camino que se pierde en el horizonte de lo imposible haciéndolo emoción y realidad. Estos son:

El mundo feo
Una virgen y un guisante
El flautista de bacanal
Dama altanera
Cabello de ángel
Colibrí y flor

La locura del gobernador
El valle de los naranjos
Ego te absolvo
El cuento de los dientes
Corazón ciego
La luz de la esperanza
El valor de uno mismo
Más allá sigue el amor
El circo de los monstruos
Hilo vital
La soledad de los ángeles

Imposible decidirme por uno, aunque los más entrañables para mí son el primero y el último que empiezan y terminan en ti. Me darán la razón los que te conocen. Con este fabuloso libro solo has abierto ese cofre rojo que guardas en tu pecho y que no tiene fondo. Gracias por escribirlo amigo cuentista. Felicidades.

Tonino

Ya afirmaba Freud que «Todo ser humano pasa por las diferentes fases del desarrollo de la sexualidad, por lo que en la edad adulta se encuentran conductas que son vestigios y evidencias del paso por cada una de estas». Por esto, creo que es difícil sacar a la luz las pesadillas más oscuras que se puedan imaginar y, al mismo tiempo, de valientes exponerlas a la sociedad. Lo más difícil llega cuando la conciencia golpea tu mente y empieza a desvariar, arrojando hacia fuera —y a los demás— toda la basura acumulada por el paso de la represión de emociones. En este momento la persona puede sentirse muy sola si no tiene a alguien cerca y de confianza que esté a su lado en su proceso, y le ayude a levantarse. Así, el escritor ofrece varias historias de lectura fácil y divertida, en ocasiones disparatadas y con un humor picante, dejando muy claro que hay un aprendizaje detrás de las metáforas y las frases conectadas con los delirios. Cuentos a traspiés que nacen para dejar al lector con la boca abierta y la lección aprendida.

Patricia Castillo
Escritora

INTRODUCCIÓN

Érase una vez, en un tiempo lejano, no tanto para quien lo vivió, un niño que se hacía llamar Lázary. Pertenecía a una familia humilde que hacía cualquier cosa para sobrevivir. Fue el tercero de cuatro hermanos y el único que no recibió atención de sus padres, ya que estaban más atentos de la rebeldía de los otros tres. Más tarde, se daría cuenta de que sus progenitores tenían la certeza de que él se valdría por sí mismo.

Así fue, no tuvo otro remedio. Creció en solitario aguantando que lo apartaran y lo despreciaran por no ser un joven igual a los demás. ¿Qué le hacía diferente? Su mundo interior: viajaba cuando se quedaba solo, tanto en su habitación, como dentro de alguna cueva o en el fondo del mar; su mente volaba a mundos donde habitan los duendes, las hadas y los brujos malvados. Se llenaba de fantasías y aventuras.

Se hizo mayor volviéndose un muchacho positivo y feliz. Tenía muchos sueños que cumplir. Lo que le frenaba era la poca confianza que tenía del mundo, a su alrededor. Por esa razón creía que no conseguiría sus metas locas. Algo pasaba, todo se desvanecía en sus pretensiones o quizás no lo intentaba lo suficiente.

Los que se hacían llamar amigos, los que consideró amigos, preferían otro tipo de personas, lo dejaban cada vez más de lado. Él sabía que le querían, en una urgencia estarían ahí, o quizás no, estaba confundido. Eran seres más vistosos, más superficiales de un mundo que no pertenecía al suyo. Siempre pensaron que él no encajaría con ese ambiente. Se equivocaban, lo sabía muy bien. Solo que no le dieron la oportunidad. Gracias a eso, su mundo se llenaba de letras ocultas, disimuladas y escritos que quedaron en un baúl de los recuerdos.

Pasaron los años y le rodeaban las responsabilidades. Hubo también amores de ida y vuelta, igual que nuevas amistades, que quedaron en la distancia sin poder rozar sus abrazos de apoyo. Lázary se olvidó de su maravilloso universo. Penetró en una vertiginosa bajada a los infiernos empujado por brujos y hechiceros que le ofrecían una vida eterna con sus pócimas. La subida le era difícil, el líquido que le anestesiaba le apresó. Sus olvidos se confundían con vagos recuerdos. De esta manera fue armando una vida de cristal que estaba a punto de resquebrajarse, paralela a una fuerte existencia mental próxima a la explosión, sin enterarse.

En los pocos momentos de lucidez descubrió la red social. Intentó buscar salida en ella. Todo lo que necesitaba gritar lo plasmaba en palabras de desesperación. En poco tiempo esta se fue apoderando de sus venas. Vomitaba todo el cosmos construido en la soledad de la oscuridad de los días. Comenzó a soltar el amarre desde un mar que lo cubría y estuvo a punto de ahogarle.

Entre imágenes y párrafos fue mostrándose a sí mismo, nadie podía imaginar que existiera semejante ser. Entonces, poco a poco, su pluma comenzó a respirar y a vivir. Su energía vital, sus pensamientos más claros se plasmaron en letras. Se percató que le rodeaba gente sin cara, pero con alma. Estos le absorbían el tiempo y se iba mezclando consigo mismo. Su yo verdadero transmitió la realidad oculta. Lázary volvió a la vida.

Al notar que solo eran quimeras que no se podían agarrar volvió a despistarse. Se dejó atrapar de nuevo por monstruos que con su magia le convencían. Lázary, esta vez, no se escurrió. De esa forma fue como cayó en el averno. Sus compañeros, ahora de entretenimiento, le enseñaron las malas costumbres por las que se sentía atraído. Diablos hermosos y sirenas dulces le desvelaban en las noches. A la mañana siguiente y por tres días, su genio se adormecía, hasta empezar de nuevo a escribir en el cuarto amanecer.

Se adentró en un bucle de satisfacción efímera y desesperación continuada. Nació un monstruo que no avanzaba, que se había estancado en las ciénagas de su olvido. Un ser que había ennegrecido su espíritu. No sabía cómo, pero tenía que salir de todo ese fango. En aquel estado, por la puerta entreabierta de la nube cibernética, aparecieron unas almas puras que lo comenzaron a distraer de la maldad. Lo empujaban a concentrarse en ellos, hadas y duendes de corazón bello. Al principio no era suficiente, aunque el esfuerzo no era en vano, esos seres, más allá del horizonte se iban uniendo en sus sueños.

El mundo cambió sin avisar a causa de una amenaza a la raza humana. Algo que nadie nunca imaginó, algo que no se había previsto. Toda la población mundial tuvo que meterse en casa. Las calles se hallaban vacías. Los contactos carnales estaban prohibidos y claro, por el contrario, las distancias lejanas se unieron en vibraciones energéticas. Sin tentaciones cercanas, el infierno se dispersaba dejando paso como Lázaro alzado de su tumba, Lázary recuperó el control de su vida. Ese mismo primer día de enclaustramiento se sentía aburrido, desesperado porque la vida no era muy cierta. Una voz detrás del espejo diminuto al que se miraba le habló:

«Date a conocer, cuenta a los que te aprecian eso que escribes. Necesitan irse a dormir con esperanza. Relátales un cuento al acabar el día».

Se sentó en ese balconcito de su infancia, que daba a pie de calle. Desde donde más de una vez había saltado para colarse en la casa de sus abuelos entre juegos y aventuras. Había algo invisible que lo atraía hacia ese rincón tan íntimo: el sol iluminaba una realidad que estaba mutando; la oscuridad de la tarde ya estaba inundando la existencia de cada casa; el extraño día, para todos, estaba terminando e intuía que vendrían muchos más así. Una ráfaga de aire suave lo rodeó y los aromas invadieron sus fosas nasales: el cítrico a limones del patio de su infancia; la vainilla del bizcocho de su bruja querida; la canela del arroz con leche de su hada preferida, que le crio. Lo que le llevaba a ese espacio mágico era su propia infancia. Recordó al caballero que le cuidaba desde que nació: le contaba historias de seres fantásticos, su patito feo, los rebeldes Hansel y Gretel, el dicharachero y colorido flautista de Hamelin...

Como le dijo la voz: debía hacer lo que su padre hizo en su momento para calmarlo. Conectó el teléfono y la pantalla se iluminó. Se preguntó a sí mismo, a quién hablar o a quién contarle todo esto. Lo sabía perfectamente, debía dirigirse a todo aquel que lo quisiera escuchar. Tomó la decisión. Le daba miedo o mejor dicho respeto, respeto a lo que no conocía: un camino que lo marcaba el ícono de *directo* en esa red social. La puso en marcha y distinguió su propio reflejo. No sabía cómo actuar. Entonces apareció un visitante invisible que desde el otro lado lo saludaba. Supo que no había marcha atrás. Apareció otro y otro, y así se fueron uniendo varias almas que pertenecían a la otra parte del mundo, otras, quizás más cerca de lo que pensaba. Estaba tan animado que empezó a leer sus escritos, esos que se convirtieron en cuentos. No eran para niños rebeldes, sino para una humanidad que necesitaba desconectar de la cruda realidad que ahora les ahogaba.

Los que le escuchaban durante días y semanas se convirtieron en compañeros de alma. De ahí se transformaron en amigos, esos que se preocupaban por sus sueños. Estos a su vez contaban los suyos propios. Ocurrió lo inevitable, esas bellas personas se convirtieron en familia, esa que no se elige, que aparece. Le llamó la familia del «Balcón de Lázary». Unos eran de ida y vuelta, otros se quedaron siempre. A otros le apartaban sus responsabilidades. Su recuerdo quedaba ahí en esas noches. A veces asomaban la cabecita, la familia es la familia y ese cariño entre cuentos nocturnos no se olvida nunca. Esas almas mágicas eran las que ocuparon su nueva realidad. Por fin había conseguido, gracias a esos corazones hermosos, fusionar sus dos mundos. No quería volverlos a separar, es más, las tentaciones estaban rodeándolo, pero nunca se volvió a desviar.

La mente tiene unos límites y caminos por seguir. La amenaza global parecía desaparecer. Su cabeza se trastocó, ya que estaba agotado. Su mente no pensaba más. Necesitaba un respiro, tenía que poner orden en ese puzle. Así como proyectarse en grandes planes para su pluma y letras. Nunca pensó en dejar a esa familia que le había y le estaba dando todo. Le regalaron su tiempo, su energía, sus polvos mágicos. En realidad, ninguno era consciente de lo que le habían ayudado. Esa magia era la vida, las ganas de seguir persiguiendo sus sueños, el camino para cazar locuras en la noche y cocinar sus valores en las mañanas. Por fin se sentía considerado y valorado como nunca nadie lo habían hecho en el pasado. Nunca habían creído en él y, ahora, una decena de seres maravilla estaban de su lado y apoyaban sus sueños. Creía en sus hadas y en los hechizos del corazón.

El balcón se cerró por un momento, pero nunca para desaparecer. Todos los habitantes de ese espacio compartían la llave para volverlo a abrir. Ese balcón no era suyo, era de todos ellos y siempre volvería para dejar entrar la brisa renovada de las almas buenas, grandes, puras y mágicas.

Los cuentos del balcón de Lázary se leerán más allá de los años y ayudarán a dormir en las noches de amenazas y desvelos. Siempre que Lázary, el cuentacuentos, los escriba y deleite con su voz.

EL MUNDO FEO

Hace un tiempo vivía en un pueblo bello y de gente dispar, un niño llamado Patricio, aunque le llamaban Pato. Los suyos le despreciaban al no ser como ellos. Era algo desgarbado, de tez como el ámbar y pelo moreno, en contraste con las caras rosadas de sus dos hermanos. Ellos poseían largos bucles dorados y ojos claros. Los suyos eran como la miel oscura. Eran hijos de distinto padre. El suyo fue un extranjero moreno que se fue al dar a luz su madre. Nadie quería estar con ese niño diferente y los padres de los otros infantes lo evitaban. No entendía por qué ese mundo era tan feo, para qué esas gentes lo apartaban.

Solo podía vivir feliz en su propio universo inventado. Un mundo de duendes, príncipes y princesas. Fue creciendo y ese cosmos imaginado era su vida, ya que los muchachos de su edad se reían de él. Las muchachas lo evitaban y tenía asumido que nunca sabría el gusto de las pasiones carnales. Sentía que nadie lo iba a querer.

Era todo muy oscuro a su alrededor, ya que su padre no existía y sus hermanos lo negaban. Su madre sufría trabajando para mantenerlos porque querían comodidades. No tenía amigos y su alegría le era difícil de encontrar. En definitiva, era todo muy feo, como hemos dicho, para él, un mundo feo. Además, veía familias unidas, parejas besándose, muchachos jugando, risas que él sentía vetadas. Su sonrisa la tenía apagada.

Una noche, mirando por la ventana de su habitación a la luna clara, un aroma a flores rojas y especias dulces lo envolvió. Al voltearse, frente a él apareció una bella dama vestida de blanco con la piel nívea, ojos esmeralda y de cabellos naranja como la fruta de los árboles de su jardín.

—¿Qué te pasa lindo muchacho? —le preguntó frente a él cuando se giró.

—Yo no soy lindo —le contestó mientras bajaba la mirada, avergonzado.

—¿Por qué dices eso?

—Porque a la vista está. No soy como los demás ¿No ves el color de mi piel? ¿Y mi cuerpo demasiado delgado y deforme? Además, vengo de una familia pobre donde nadie me aprecia. Me he tenido que aislar en un mundo propio que nadie entiende.

—Pues es esa tu belleza, ser único, especial y con una gran imaginación. Pero, para conseguir aprender que no es todo tan feo, sigue en la noche la estrella que más brille. Al final del camino te esperaré. Y desapareció.

Cuando la mujer mágica ya no estaba, observó la noche estrellada. Pudo diferenciar la que más brillaba. No estaba seguro si hacerle caso, pero entonces pensó «Qué tengo que perder, aquí nadie me echará de menos».

Recogió una mochila con algo de ropa y saltó por la ventana. Se dirigió a la salida del pueblo siguiendo la señal luminosa. Se adentró en el bosque lindante siguiendo su camino. Iba caminando temeroso. Las sombras de los árboles creaban formas que a él le parecían seres monstruosos, en algún momento iban a moverse y atraparlo. La poca luz que se podía apreciar eran los suaves rayos solares que se colaban por algunas ramas cubiertas de hojas. Llevaba una hora andando y no veía la posibilidad de llegar a ningún sitio. Comenzaba a hacer frío y tenía hambre. En ese preciso momento, escuchó unos ruidos de ramas pisadas detrás de él. Paró en seco y se giró. En frente de él aparecieron tres bandidos con media cara tapada con pañuelos negros. Pensó que estaba perdido, pero un atisbo de valentía le hizo echarse un paso atrás y decidir correr, pero notó una hoja fría y afilada en el cuello. Detrás de él había otro maleante. No se pudo resistir y lo llevaron a un campamento sin decir ni una palabra. Sabía que iban a matarlo porque no llevaba nada de valor encima y no les gustaría cuando se dieran cuenta. Lo sentaron frente a la hoguera y le dieron un plato con comida. No sabía qué estaba pasando, ni por qué estaban siendo tan amables.

—Come algo y caliéntate, se te ve con hambre —le aconsejó uno de ellos.

—¿Cómo es que me tratáis así? Si me vais a matar ¿por qué me alimentáis? —Todos en conjunto se pusieron a reír en grandes carcajadas.

—No matamos a nadie —le informó otro con una amplia sonrisa—, solo robamos a gente que tiene de más. A ti te vimos perdido y es justo ayudar a los que tienen poco.

—¿Y por qué me amenazasteis con el cuchillo?

—Porque estabas asustado y antes de irte corriendo sin escucharnos pues así te convencíamos a venir con nosotros.

—¿Y qué hacías por este sendero a horas oscuras y solo? —preguntó un tercero.

Les explicó su historia.

Los bandidos se reunieron aparte y volvieron a donde estaba el joven que ya había terminado el alimento.

—Te proponemos algo —el cuarto hombre le sugirió que se quedara un tiempo con ellos. Le enseñarían el arte de la seducción y a conseguir lo que se propusiera con su forma de ser.

Así fue: supo engañar a damas incautas y caballeros altaneros, y descubrió las pasiones carnales del hombre. Por el día, recorrían los caminos aprovechándose de la fortuna de los viajeros en bellas carrozas y por la noche se enredaban en brazos y armas fornidas. Lo más importante que aprendió con los ladrones fue la lealtad y la hermandad. Sin tener la misma sangre, todos formaban una familia unida. No les importaba sus orígenes y su forma física, aunque, gracias a sus entrenamientos en el bosque, el cuerpo lo gozaban fortalecido. No existía la envidia ni el desprecio

Al cabo de un año, una noche a solas ante la lumbre mientras los demás dormían, recordó a su hada y su mensaje. Debía seguir su camino y así se lo hizo saber a sus nuevos compañeros al despuntar el día. Los forajidos estaban orgullosos de él y aunque les entristecía que se fuera, le dejaron marchar. Antes de partir, le ofrecieron una bolsa de oro como recompensa de los saqueos que habían hecho juntos. También, le prepararon un macuto de piel con comida para su viaje.

Continuó recorriendo hasta llegar a un claro, cuando ya caía la noche. Observó en el centro que solo había una hoguera encendida y un caldero. Fue acercándose curioso a ver qué se estaba cocinando. Cuando estaba a dos pasos oyó un pequeño ruido y sin darse cuenta, alrededor aparecieron varias figuras encapuchadas con sus caras tiznadas de ceniza. Se asustó. Sus figuras bajo las telas dibujaban unos esbeltos cuerpos de mujer. Estaba seguro de que eran brujas del bosque que seguramente quisieran sacrificarlo. Quería escapar y comenzó a mirar a su alrededor para huir, pero no podía, estaba totalmente rodeado. Una de ellas se deshizo de su capucha y sobre su rostro oscuro caía una melena negra tan brillante como la luna estrellada. Esta se apartó del círculo y fue acercándose. Él en cambio se echó hacia atrás rozando las llamas que le acariciaban los tobillos.

—No tengas miedo muchacho, no te haremos daño.

—¿Seguro? Sois brujas poco agraciadas, por eso os tapáis la cara. Queréis cocinarme en esa olla gigantesca para poder comerme en nombre del diablo —oyó las sonoras risas de todas ellas en unión.

—No, ¿cómo puedes pensar eso? ¿No hueles ese aroma que surge del agua hirviendo?

En ese momento, por sus fosas nasales penetraron aromas relajantes de verbena, hierbabuena y romero. Dos de las brujas aparecieron con un gran balde lleno de agua por la mitad. Se acercaron al perol aromático. Pato se apartó inconscientemente quedándose a un lado. Otras dos se acercaron y con fuerza depositaron el líquido caliente mezclándolo con la fría. La luna llena iluminaba la escena y el muchacho apartado vio cómo una a una se quitaban sus atuendos, vislumbrando unas bellas figuras de curvas que le hacían perder el sentido y melenas hasta las caderas, oscuras, claras, doradas. Mientras una se introducía en el agua templada, otra con un cuenco la bañaba. A su vez, se limpiaban el tizne del rostro. Pato estaba absorto en la imagen, eran bellísimas y jóvenes damas. No salió de su boca ni una sola palabra. Terminaron todas de bañarse bajo la noche iluminada y se alinearon delante de él las siete bellezas.

—¿Ya no te damos tanto miedo? —preguntó la que ya había hablado anteriormente.

—Lo siento, pensé por vuestro aspecto que erais malvadas.

—Lo sabemos, pero tienes que saber que no todo lo que ves a primera vista es cierto. Nosotras vamos de esta manera durante el día por si alguien nos ve, no se deje nublar por nuestra hermosura, que sabemos que tenemos. Tienes que aprender que no todos somos iguales y que para comprobar si una persona es bondadosa y de corazón puro hay que mirar más allá de su figura.

—Pues me arrepiento de mi primera impresión —dijo el muchacho bajando la cabeza avergonzado.

Esta dama se acercó a él y con sus dedos suaves le levantó el mentón.

—No te preocupes. Te hemos revelado nuestro secreto porque en tu alma brilla la bondad. Sabemos apreciar esas cosas con solo mirar a los ojos. Tú eres un muchacho hermoso por dentro y por fuera.

—Por fuera no lo creo.

—Sí que lo eres. Ya te lo dijo una de nuestras hermanas hada.

Pato abrió los ojos con asombrado de que supieran de ese encuentro.

—No te sorprendas tanto, somos seres mágicos, estamos al tanto de esas cosas.

Así, se acercaron a él todas menos una, la cual sacó una bella flauta de hueso y empezó a tocar una dulce melodía. Formaron un círculo con el joven y se pusieron a bailar.

Esa noche lo hicieron disfrutar como nunca. Se unieron los cuerpos en miles de formas. Él por primera vez se sintió deseado y le gustaba la sensación. Se olvidó de pronto de su búsqueda y su meta. Se divertía y aprendía muchas cosas que nunca se le hubiera ocurrido sin salir del pueblo. Disfrutó con ellas trescientos sesenta cinco días con sus trescientos sesenta cinco noches. Aprendió conjuros de la naturaleza y la magia de la tierra. Algunas noches vio cómo traían acompañantes que las veneraban sin saber su verdadera apariencia.

Al despertar el día trescientos sesenta y seis, cuando los rayos del sol le molestaron en sus ojos, recordó por qué estaba en ese trayecto. Habló con las magas.

—Ya estás preparado para partir. Has aprendido todo lo que podemos enseñarte.

Se despidió de las brujas para proseguir su camino. Estas le regalaron una máscara blanca de brillante nácar de la cual sobresalía una larga y puntiaguda nariz. Le cubría todo el rostro. Podían entreverse sus brillantes ojos miel y sus finos y carnosos labios. Se la colgó del cuello y se marchó.

Iba caminando pensando en lo que había vivido hasta ese momento, analizando si todos los momentos vividos servían para cambiar su mundo feo. También le vino a la mente su madre y el pueblo que, aunque lo despreciaban, los echaba mucho de menos. Así con la seriedad dibujada en su cara pasaba por alto lo que le rodeaba. Andaba ensimismado con todo eso cuando sintió una presión en los pies, como si mil manos se los agarraran. Se trastabilló y cayó de espaldas al suelo. Después, notó cómo le estaban atando los pies y sintió que le arrastraban al interior de la arboleda.

—¡Dejadme! ¿Quiénes sois? —No podía ver nada cuando movió su cabeza de lado a lado. Solo podía ver pasar las ramas repletas de hojas y unas nubes entre ellas. De pronto paró todo. Cuando intentó mover los brazos con fuerza no pudo. Las mismas manos le estaban agarrando. Giró su cara a la derecha y quedó sorprendido por lo que vio. Eran seres diminutos vestidos con ropajes verdes y de cabellos de diferentes colores. Estaban riendo. Tornó el rostro a la izquierda y vio lo mismo. También comprobó que lo había sido amarrado entre dos troncos.

—¿Por qué me queréis hacer daño? —oyó cómo las carcajadas de esos individuos sonaban en grupo.

—No te queremos matar —comentó uno—, solo hacerte reír.

En ese momento le quitaron los zapatos y un par de ellos subían sobre su estómago y otros se colocaban en los costados. De repente sintió unas caricias en sus plantas y unos pellizcos en su cintura. Le estaban haciendo cosquillas.

—Me quieren ver morir de risa —pensó Pato.

Así estuvieron un buen rato. No podía parar de reír, aun estando aterrado, se unió a las risas de los duendes. Al poco tiempo pararon y sintió que lo desataban. Cuando estuvo libre se sentó y los hombres pequeños se alinearon frente a él. Eran unos diez. A él no se le podía quitar la sonrisa de la cara y ellos le respondían con las suyas.

—¿Quiénes sois? ¿Por qué me habéis atacado? —cuestionó intentando controlar su risa.

—Hola amigo, nosotros somos los duendes de la diversión —explicó uno de ellos con el pelo azul adelantándose al resto—. Vivimos dentro del bosque para hacer placentera la estancia de los viajantes, para desconectarles de sus duras preocupaciones.

—Pero, ¿por qué me cogisteis a la fuerza? Si me hubierais dicho cuáles eran vuestras intenciones, quizás os hubiera acompañado.

—El problema es ese quizás —comentó otro con el pelo rojo acercándose a un palmo—. Te vimos entrar en el camino con la cara seria, sin disfrutar de tu viaje. Nosotros no podemos permitirlo y por eso te atrapamos.

—Pues sinceramente, gracias, me habéis ayudado —se levantó—, y ahora debo proseguir mi viaje.

—No, ¡espera! —interrumpió uno de pelo rosado—. No puedes irte, antes tienes que relajarte, dejar un tiempo las inquietudes, si no tu viaje no habrá sido completado.

Pato aceptó la propuesta y se quedó con ellos. Le enseñaron a hacer bromas, a jugar con las piedras y a disfrutar del bosque como si fuera una zona de entretenimiento. Entre nadar en el río, subir montañas, saltar de árbol en árbol, pasó un año de esparcimiento. Una noche, estaba mirando las hojas de las copas más altas moverse con la brisa nocturna, y le volvieron los recuerdos de su objetivo. Al día siguiente habló con sus nuevos amigos.

—Está bien, es hora de que sigas tu viaje —le dijo el duende del cabello violeta—, ya sabes lo que es distraerse de vez en cuando de los problemas, estás listo para enfrentarte a ellos. No dejes de lado las posibles soluciones y recuerda tu camino.

Otro duende se desmarcó del grupo, este tenía el pelo anaranjado y le ofreció una nueva vestimenta, y se la puso. Era un traje elegante de terciopelo esmeralda con una camisa blanca de botones dorados. Para los pies, le dio unas botas de cuero negro bien lustradas. Para proseguir su camino también le ofrecieron un puñal de plata con la empuñadura engarzada en turquesas. Se despidió y siguió su trayecto. Se hizo amigo de esos diminutos seres y pasaron días de juegos y algarabía, enseñándole que las dificultades hay que afrontarlas, pero de una manera relajada.

Siguió andando hasta que pudo observar que los árboles estaban cada vez más dispersos y se veía el claro campo a pocos metros. Era el final del bosque. Se dio algo más de prisa intuyendo el final de su periplo. Al salir de este comprobó un prado verde y hermoso. Frente a él, una alta montaña. No vio a nadie, ¿Dónde estaría su hada que debía esperarlo? Notó un aire fresco que le acariciaba la nuca y lo envolvía en aromas de rosas y vainilla, recordaba esa sensación. Se giró y ahí, frente a él, estaba la bella dama con un vestido etéreo de blanco impoluto y resplandeciente. A su lado se hallaba una carroza elegante, de puerta acolchada con terciopelo marfil. Esta, iba tirada por dos corceles blancos dirigidos por un cochero vestido con un traje azul hielo.

—¿Qué has aprendido hermoso Pato? —fue lo que le preguntó antes de que él pudiera decir nada.

—Linda señora, lo que he aprendido ha sido que nadie es menos que nadie, todos tenemos nuestra valía. El mundo en el que vivimos es muy deslucido, pero está en nosotros cambiarlo y que sea mejor. Hay que divertirse más y relajarse de las preocupaciones. Volver con fuerza a ellas y ver que no todo es tan grave como parece. Estar unidos, cooperar y ayudarnos entre todos.

—Veo que has madurado, ahora sí puedes ir a tu pueblo y que vean el joven sabio y bello que te has convertido.

—Sabio quizás, pero no soy hermoso. Aunque ahora, estando seguro de mí mismo, eso ya no me importa.

—Mírate en el reflejo del agua —le indicó un riachuelo que pasaba cerca de su pie izquierdo.

No se había percatado de su presencia. Se arrodilló y se miró en el espejo natural. Del impacto de lo que vio se echó un poco atrás, no era posible lo que veía. El color oscuro de su piel se había suavizado a un tono café claro. El cabello le llegaba hasta los hombros en una suave cortina como la noche. Su rostro estaba cubierto por una fina barba corta del mismo color. Para más, el traje de los enanos le hacía una figura esbelta. El que le miraba del otro lado era un ser precioso.

—Este no soy yo.

—Claro que sí. Aunque lo mejor que tienes ahora es tu alma. Tienes que saber que las personas crecemos y evolucionamos al pasar del tiempo. Este eres tú. Ya es hora que vayas de donde partiste y que te conozcan —le dijo el reflejo.

Se dirigió al pueblo con su carruaje elegante, su vestimenta brillante, las monedas de oro, y sobre su rostro, la máscara blanca para que no lo reconocieran. Los habitantes, al ver la llegada de tan gran caballero, pensaron que era un príncipe llegado de muy lejos. Todos murmuraban mientras se reunieron en masa en el centro de la plaza principal. Era de forma circular y rodeada de unas bellas arcadas. El centro estaba decorado con una hermosa fuente en forma de columna de platos.

Pato se bajó de su carruaje ayudado por un paje, vestido igual que el que llevaba las riendas. Se fue directo a la fuente, entre la multitud, que abrió un camino dejándolo pasar rodeado de murmullos curiosos.

Se elevó en el pequeño muro circular del surtidor. Los asistentes quedaron en silencio. No se oía ningún cuchicheo.

—Gran príncipe, ¿de dónde eres y qué te trae a nuestro pueblo? —se oyó una voz gruesa y ronca. De entre la gente pudo ver acercarse, hasta quedar frente a él, a un hombre adulto, regordete, de pelo negro, con un bigote poblado que sobresalía de sus mofletes, y vestido de manera elegante.

—¿Quién es usted?

—Soy el alcalde del pueblo.

—Pues si es así, con vos tendré que hablar. —Descendió, se acercó al hombre y le puso una mano en el hombro—. Mi hogar está muy cerca. Vengo con riquezas para poder vivir tranquilo en esta aldea.

—Estaremos encantados de tener de vecino a tan gran personaje. —El alcalde se arrodilló mientras Pato sacaba la bolsa de monedas de oro.

En ese momento todos se arrodillaron ante él, entre gracias y alabanzas. Cuando observó detenidamente la escena, pudo ver a sus hermanos en primera fila sin la compañía de su madre. Pasó junto al gobernador, dirigiéndose hacia aquellos dos desalmados.

—Perdón, ¿cómo se llama? —El muchacho no le hizo caso.

—Vosotros dos, levantaos —ordenó al estar ante ellos. Estos se levantaron y bajaron la mirada—, ¿estáis solos en esta vida? ¿No tenéis madre o padre?

—No, señor —contestó uno de ellos—, no estamos solos. Mi madre está en casa.

—¿Por qué está ahí y no ha venido también a verme como todos los demás?

—Tiene que ocuparse de la casa. Además, está preparando la comida para cuando lleguemos.

—Sois unos ingratos —pronunció con enfado—. ¿No tenéis manos para hacerla después? Id enseguida a buscarla y traedla ante mí.

Los dos hombres se marcharon con la cabeza baja en busca de su madre. Mientras tanto, el resto del pueblo lo seguía mirando con curiosidad. Se oían los susurrantes comentarios que se hacían entre ellos: «¿de dónde debe venir?»; «es tan bello»; «mirad sus ojos, tienen un brillo embriagador»; «seguro que tiene un castillo elegante y muchos tesoros».

Al cabo de algunos minutos aparecieron de nuevo los dos hermanos acompañados de una señora, con el rostro marcado por el tiempo. Su cabello lo llevaba recogido en un moño del color de la ceniza, por el paso del tiempo. Iba con un sencillo vestido de campo pardo y unas sandalias de esparto. Su figura parecía más pequeña a causa de ir algo encorvada.

—Aquí tenéis señor, nuestra madre —dijo uno de ellos, mientras se abrían paso hacia el extranjero. La madre lo miró a los ojos, y reconoció esa claridad. ¿Cómo olvidarlo? Le sonrió, pero no pronunció ninguna palabra.

—Querida señora ¿solo tiene a estos dos hijos? —Pato se acercó a la mujer mayor y la levanto después de que esta se hubiera arrodillado.

—Sí, hermoso hombre. —Una lágrima le surcó la mejilla— Hace unos años se fue del pueblo y no lo volvimos a ver.

—¿Y lo echa de menos?

—Mucho, cada día rezo al cielo para que lo traiga de vuelta. Pero ahora, al verlo a usted, estoy más tranquila —dijo la mujer mirándolo a los ojos.

El muchacho le sonrió.

—Y vosotros, ¿echáis de menos a vuestro hermano? —dijo la mujer a sus dos hijos.

—Para nada, era un chico raro, diferente y con muy poca gracia —contestó uno de ellos.

—Solo sabía escribir e inventar historias que de poco no servían para ganar dinero —se unió el otro.

—Y este pueblo, ¿os acordáis de él? —dijo a los congregados.

—¿Cómo no acordarse? —contestó un hombre destacando su fea figura.

—Además su piel oscura no era como la nuestra —dijo otro.

—Era muy poco atractivo —dijo una muchacha de su misma edad—, pretendía relacionarse con alguna de nosotras.

—Ya ves, gran señor —le comentó el alcalde—, con un personaje así, el pueblo no sería bien visto por los visitantes. Sería mejor que se fuera y no volviera. No como alguien como usted, que le da calidad a la comarca.

—Madre, acérquese —dijo a la señora mientras se acercaba a él y se ponía a su lado.

Se pudo oír murmullos de sorpresa entre los asistentes.

—¿Madre? ¿Ha dicho madre? —exclamó uno.

—Sí, eso ha dicho —contestó una mujer.

—Se habrá confundido —resaltó otra señora—, pretendería decir la madre de los dos jóvenes.

—No, no me he equivocado.

El ambiente quedó en silencio. Sus hermanos lo observaban con temor. Patricio se deshizo de su máscara y se escucharon exclamaciones de sorpresa al reconocer al muchacho que partió un día. Sus hermanos se arrodillaron mostrando arrepentimiento y su madre se acercó a él y lo abrazó.

—Sí, soy yo, Pato —dijo bien alto—, ese al que despreciasteis, al que rechazasteis por ser diferente, al que nunca quisisteis conocer. Mi nombre es Patricio, Pato ya no existe, ya que me he convertido en un cisne.

—¡Perdón! —pidió uno de sus hermanos.

—Sí, ¡perdón! —le siguió el otro.

—No tengo que perdonar nada. Vosotros sois como sois. Igual que este pueblo—. Miró a todos los vecinos que iban bajando la cabeza de vergüenza, incluida la del alcalde, el imponente alcalde.

—He crecido, he madurado, pero sigo siendo el mismo. No cabe en mí el rencor y el odio. No voy a permitir que tratéis a los demás como me habéis tratado a mí. He descubierto que la familia está más allá de la sangre y los seres queridos te esperan en rincones que no te esperas.

En ese momento alzó las manos. Hizo un conjuro que le habían enseñado las damas del bosque. Movió los dedos y un viento arremolinado rodeó todo el espacio. La gente se forzaba en no levantarse del suelo. A su alrededor, apareció una espesa niebla que al rato desapareció. Detrás de él estaban, de pronto, los bandidos, las brujas y los duendes del bosque.

—Estos son mi nueva familia, mis nuevos amigos y compañeros.

Los ahí reunidos miraron con recelo.

—No temáis, no os van a hacer nada si os comportáis con buenas acciones. Yo no desapareceré, me instalaré en la linde del bosque. Ahí viviré con mi madre y todo muchacho que se sienta inseguro y diferente lo acogeré para enseñarle que ser diferente no es malo, sino alguien único y especial. Vosotros me ayudaréis en ese propósito y de paso, abriros, sed como queráis y vuestras vidas serán más felices y libres.

—¿Y nosotros? —le preguntó uno de sus hermanos.

—Sí, no nos puedes dejar sin mamá.

—Claro que no. Podréis venir a verla cuando queráis. Pero a partir de ahora aprenderéis a valeros por vosotros mismos.

Todos aplaudieron. Lo vitorearon y se sintieron muy felices y liberados de tanta fealdad de alma. Mientras, Patricio se acercó a los duendes, les dijo algo al oído y volvió a dirigirse al pueblo.

—Y no solo he aprendido cosas serias. También que hay que divertirse y disfrutar. Por eso festejemos mi llegada y dejaremos las preocupaciones para mañana.

Los pequeños seres sacaron las flautas, los bandidos los tambores y las brujas afinaron sus voces. Los vecinos trajeron manjares y bebidas. Pasaron ese día entre celebración y risas. Mientras tanto, en la distancia, un hada sonreía orgullosa.

UNA VIRGEN Y UN GUISANTE

En una ciudad no tan lejana, había un bello heredero, el soltero de oro. Todas las mujeres lo querían atrapar. Era un gallardo caballero, hermoso y de figura altanera, fuerte, alto, de cabello áureo y ojos como el cielo al amanecer. Este adorado muchacho vivía con sus padres, los cuales estaban preocupados porque aún no tenía intención de casarse con ninguna hembra. Él no quería estar con cualquier bella dama, quería enamorarse de una que fuera dulce, inteligente y, la condición más importante, que fuera virgen.

Por otra parte, en la misma ciudad había un prostíbulo de renombre. A este se dirigían machos adinerados aburridos de su vida insulsa e hijos de buena familia buscando compañía sin compromisos ni complicaciones. Estaba regentado por una señora entrada en años, antes famosa por su belleza, pero ya menguado su cuerpo, se mostraba algo rolliza y poco agraciada. Su pelo, antes dorado, pasó a mostrar el color de la ceniza a causa de los años transcurridos. En esta casa de citas, había llegado hacía algún tiempo, una joven de gran lindura, melena azabache hasta la cintura, lacia y brillante, ojos como la miel de mil abejas y la tez blanca. Había sido vendida contra su voluntad por unos padres pobres y miserables, que eran capaces de dar a su preciada hija por dinero para poder comprar sus vicios. La cortesana mayor la aceptó y pagó lo que le pedían porque le daban pena. Aunque se la conocía por ser muy exigente con sus muchachas, en el fondo tenía buen corazón. La vio muy inocente para ese trabajo, pero intentaría domarla. Fue difícil, por no decir imposible. Se dedicó también a su educación; era una chica que le encantaba leer y escribir historias, más que otra cosa en la vida. La joven no quería ver los miembros de extraños y menos bajarse las bragas ante tales individuos. La propietaria del prostíbulo le regañaba y cada dos por tres la amenazaba con echarla, cosa que le era impensable. Cansada de pelear, hizo de la muchacha la limpiadora de las habitaciones y del local. Ella no puso impedimento y lo hizo lo mejor posible.

Una noche el padre del bello caballero, en la búsqueda por toda la ciudad de una bella virgen casadera, terminó agotado de tanto buscar. Se dirigió al burdel donde conocía a la dueña, de tiempos cuando él, a escondidas de su familia, marchaba a distraerse. El hombre le contó a su vieja amiga su mal de cabeza. A esta se le encendió una bombilla y pensó en su protegida. Se la ofreció a su amigo ya que era dulce, hermosa, inteligente y lo más importante, no había conocido varón. Él estaba encantado y cuando la vio supo que sería perfecta para su heredero. Solo había un problema, la madre.

Cuando llegaron a la gran mansión de la familia adinerada y el señor presentó la joven a su vástago, que quedó prendado por ella, fue recíproco. Se les dibujó una sonrisa a ambos y brillaron sus miradas.

Pero la madre era muy lista, sabía de dónde venía aquella zagala. Conocía bien a su marido y lo tenía vigilado.

—Hijo, esta muchacha, aun pareciendo perfecta, viene de donde viene. Es prostituta —le advirtió la madre llevándoselo a otra habitación.

—Pero padre, nos ha dicho que es virgen, no creo que me vaya a mentir.

—Bueno, este hombre es un desastre, pero no creo que te mienta, pero ¿y ella?

—¿Tú crees mamá?

—No sé —la mujer se quedó pensativa y de pronto le sonrió a su hijo—. Hay una prueba, tienes que coger un guisante con tus dientes, debes introducirlo en su cueva empujando con tu lengua, si da un respingo, es virgen.

Ya en la alcoba, la nueva pareja se desnudó. Se miraron con deseo. Él le pasaba las yemas de sus dedos por la espalda suavemente. A ella se le erizaba la piel. El muchacho le fue separando el cabello, deteniéndose en el cuello y abrazando con las tiernas manos sus firmes senos. La muchacha dio un giro y sus bocas carnosas se fundieron en un beso. Las lenguas traviesas hacían viajar sus deliciosas salivas. Tumbando delicadamente a su amada en la cama empezó un viaje por su cuerpo con sus labios. Desde la barbilla que soltaba olores a lavanda, llegando a sus redondos y tersos pezones. Se entretuvo en pequeños mordiscos con sus perlas bucales, saboreando el líquido desprendido del calor que sabía a dulce esencia. Fue pasando por el tierno ombligo con una textura a mantecado, camino a sus locas y firmes caderas, finalizando en su entrepierna soñada y penetrando en el bosque de su deseo. Les envolvió un aroma a frutos rojos con un toque salino, deseaba degustar tal objeto, pero antes debía obrar su deber. Ella jadeaba, él la deseaba. Puso el fruto verde entre su dentadura de forma dulce y delicada. Después, lo introdujo con su lengua en el sexo de la dama y esta soltó un pequeño grito, que mostraba más placer que molestia. Una sensación electrizante recorrió el cuerpo de la dama, estaba demostrado, era virgen. Extasiada, saboreando el aire masculino que la embriagaba, agarró al amante y le pidió hacerla suya. Él, con la espada en alto, decidida, la poseyó. Los sudores y sabores se mezclaron y lo femenino abrazó a lo masculino. Desde entonces, todo cambió en la ciudad, no había encuentros entre cuerpos que no aparecieran las famosas legumbres. Por supuesto que la pareja vivió feliz mientras no faltara el objeto que los unió.

EL FLAUTISTA DE BACANAL

En un país lejano, había un flautista de nombre Bartolo al que le gustaba tocar la flauta, esa que solo tiene un agujero. Un día, este artista estaba con un macho potente y su mujer, en la alcoba de una pensión. La esposa de dicho mancebo tocaba la flauta. Los hombres intercambiaban notas y melodías, una vez Bartolo, otras, el amante varón, además de tocar la lira de la hermosa dama. Los flujos melódicos se entrelazaban entre el sudor, sus sabores y olores. Un aroma destacaba, Bartolo. Sin ser bello, tenía el poder con el cual su olor y sus notas conquistaban a toda alma que se le encaprichaba.

En pleno éxtasis del concierto, una llamada los interrumpió. Mientras los dos amantes seguían soplando su instrumento al unísono, Bartolo descolgó. Provenía del pueblo de Bacanal, pueblo de labriegos y ganaderos perdido entre las montañas. La voz, al otro lado, era de una dulce señora, la mujer del alcalde de dicho municipio que necesitaba su ayuda. El caso era de lo más habitual y, aunque ya había lidiado con esas cosas, ya que normalmente se trataba de un individuo solo, esta vez la fiebre les había dado a todos los rudos pueblerinos. Los hombres de la región se volvieron locos: abandonaron sus casas y esposas, y como cabrones desesperados se aprovechaban de cualquier hembra que respiraba, que no fuera propia, damisela virginal, cabra, mula o vaca. Las mujeres, desesperadas, sabían el poder de su flauta y, como era famoso por volver a su redil a machos desviados de sus quehaceres, le pagarían buena cantidad de dinero por su ayuda. Sería un buen negocio. Dejó a sus dos amantes en la cama y se preparó para irse a buscar sus enseres. Ellos le reclamaron que terminara el concierto, pero él les propuso que hicieran un dúo y, ya cuando volviera, terminaría toda la pieza.

Se marchó dejándolos sin saciar. Se encaminó al pueblo y lo que vio, mientras entraba por caminos empedrados, le dejó sorprendido. No había rincón en el que no encontrara a algún macho enviciado poseyendo hembras de toda calaña. Pero no debía tocar ni mostrar su flauta hasta no estudiar bien la situación y se dirigió al ayuntamiento donde todas las señoras casadas le esperaban. Allí mostró su instrumento y cómo lo tocaba, ellas prendadas de tal sonido y aroma, se controlaban. Él lo notó y si algo fallaba, ya las tenía embriagadas.

Le informaron quiénes eran los individuos infieles y los jóvenes desatados, en realidad eran todos los varones de la comarca. Se puso manos a la obra tocando su flauta. Se acercaba a tales personajes, unos bellos y otros no tanto. Todos poseían hermosos instrumentos. Les enseñó la música, de tocar flauta ajena, y los machos embriagados le siguieron el ritmo. Uno a uno, fueron acumulándose detrás de él atraídos por esa misteriosa melodía sensual. Embelesados de tal arte y queriendo tocar tal instrumento, siguieron al flautista hasta el bosque. Allí, danzaban al son de su propia pieza formando una orquesta de sementales con potentes flautas, trombones y algún saxofón. Aprendieron a tocar la flauta entre ellos y más tarde, un nuevo instrumento, el tambor, que por retaguardia sobresalía y usaron certera baqueta que formaba un sonido sin igual. Bartolo los dirigió como buen director de orquesta y los buenos aprendices daban las notas sin desafinar. Pasaron tres días en la frondosa arboleda entre orgías de *do-re-mi-fa-sol-la-sí*.

Después de esos tres días, sabiendo el artista mágico que aquellos seres nunca más irían a tocar hembra, devolvieron los maridos al pueblo. Al descubrir la nueva afición de estos, las esposas quedaron muy disgustadas. No quisieron pagarle porque no buscaban hembras fuera de casa, pero tampoco dentro. El flautista se lo explicó de buena forma.

—Vosotras solo me dijisteis que queríais que vuestros hombres no fueran a buscar hembras fuera de casa, nadie de vosotras dijo que a cambio queríais que vosotras mismas fuerais las beneficiarias.

—¿Cómo te atreves a tal desvarío? —preguntó la esposa del alcalde—. Es de lógica lo que pretendíamos.

—Lógica puede ser lo que cada uno quiera, yo cumplí mi encargo, si queréis lo demás, ya hay que pagar más y si no es cosa vuestra enseñarles a dejar de tocar la flauta y vuelvan a producir notas con la lira. Por lo tanto, quiero mi dinero.

—No tendrás nada, nos engañaste. ¡Fuera del pueblo y ni se te ocurra volver!

Enfadado, les volvió a enseñar su flauta. Se puso a tocar con una melodía más fina, más tierna y sensorial. Las damas sucumbieron. Entraron en un sueño: siguieron el son de su música y el olor de su deseo; cantaron y bailaron con húmeda alegría guiadas hacia el bosque encantado donde habían estado sus machos, pero el flautista siguió más adelante adentrándolas hasta una cueva encantada. En ese paraje había manjares, flores y grandes camas. Allí las dejó para que, sin flautas que tocar, se instruyeran en usar sus arpas. Así aprenderían: que no se juega con Bartolo y su flauta.

En el pueblo de Bacanal los hombres ni se enteraron y poco necesitaron, ya que ellos habían asimilado solo a tocar y soplar la flauta. Tuvieron que pasar unos años hasta que el flautista volvió y con su batuta a todos los habitantes unió. Ya nadie se quejaba porque, entre todos, en noches y madrugadas, lindas piezas de música se formaban.

DAMA ALTANERA

Linda era la dama, más hermosa del burdel. Soberbia, vanidosa, de un ego altivo. Sabía su poder en la cama, el que provocaba a los caballeros que le pagaban. Con un tesoro húmedo, de gruta experta, desencadenaba miles de pasiones. Tenía unos pechos firmes que enloquecían y una boca experimentada en degustar los más bajos secretos masculinos.

Un día estaba paseando, antes de que el sol se pusiera y se encontró una billetera en el suelo repleta de dinero. Miró para que no hubiera nadie cerca que la viese cogerla. La agarró y comenzó a pensar en que podía gastar ese dinero. No pensaba devolverlo. Por su cabeza pasó la opción de ir a comer a un buen restaurante, aunque pensó que no, ya tenía poderosos acompañantes que la invitaban. Otra opción sería una joya, podría ser, le gustaba lucir bellos cristales. Entonces pasó frente a un escaparate enorme de una tienda, allí observó el más bello corsé color azabache, encajes dorados en los senos y volantes debajo del ombligo. No pudo contener las ganas y se lo compró. Estrenó esa hermosa prenda esa misma noche. No había ser más bello que esa cortesana. Cuando ya estaba lista para su trabajo llegó el primer cliente: un tipo maduro, con clase y bello. A la hora de la verdad resultó algo patoso en el arte de la alcoba, aun así, ella hizo que saliera victorioso. Sabía hacer su oficio como la mejor.

—Eres bella —le alabó el hombre cuando le iba a pagar— tanto como hábil, sabiendo lo que necesita un macho. Quiero que seas mía siempre.

—¿Y qué me darás a cambio?

—No mucha cosa, vivo en un piso, un trabajo digno, pero el sueldo no me da para grandes lujos. En cambio, te puedo comprar algunos modelitos, para que te veas siempre linda. Sería un placer exhibirte conmigo.

—Qué iluso —le dijo la meretriz—, yo ya tengo las prendas que quiero, no soy decoración para nadie. Para vivir a tu nivel, mejor me quedo como estoy.

Llegó el segundo cliente. Era un chico joven y apuesto, con este se quedó maravillada. El pobre muchacho era su primera vez, cosa que a ella no le importó, es más, le gustaba la idea de estrenarlo, así que lo dirigió en el acto. Se comportó como un salvaje animal en celo. Su posesión de tamaño atroz le hizo sentir placeres casi olvidados por la monotonía de su trabajo. Ella se convirtió en yegua desgarrada por un potro desbocado. Su éxtasis no apareció una vez, sino dos y tres.

—No puedo estar sin ti. Quiero que vengas conmigo y estemos juntos —le dijo él nada más terminar mientras se encendía un cigarrillo.

—¿Qué me darás a cambio? —le interrogó la dueña de su corazón.

—Nada, solo tengo dinero para lo necesario. Soy un pobre chico que se ha gastado lo ahorrado para estar aquí, pero te daré mi corazón y te trataré como mi más valioso tesoro.

—Lo siento tierno muchachito. Eres un encanto y me has dado un placer que nadie me había proporcionado, pero no voy a dejar mi vida de lujos por tu miseria. —Así lo rechazó e hizo que se fuera.

Llegó el tercer cliente, un señor entrado en años, cuerpo pasado por la edad y trajeado con ropas caras. En la cama, poco menos que nada, no funcionaba más que para dos caricias y punto final.

—Bella dama, no importa seguir, quiero que seas mía y sin discutir —le propuso sin ni siquiera empezar a actuar.

—¿Qué me darás a cambio? —quiso saber la interesada.

—Todo, todo te lo daré: casas, negocios, joyas y trajes. Todos los lujos sin tener que trabajar. Solo serás mi señora, puesto que lo tengo todo menos una compañera.

No hubo discusión ni falta que hacía, estaba eufórica, encantada y sin pensarlo mucho aceptó.

Dejó su trabajo, en nada se casaron y pronto llegó la noche de bodas. El caballero la condujo a una de sus mansiones de lujo que ella aún no conocía. Fue su regalo. Ni siquiera pararon a admirar la casa, la llevó directa a la habitación. La besó con esos labios flácidos, pasados por el tiempo. A Linda no le hacía mucha gracia, pero era millonaria, por lo tanto, le siguió el juego a su seca y rasposa lengua. De repente, se desvaneció. Al despertar, no se podía mover, estaba atada. Se fijó en lo que llevaba puesto. Su dueño le había vestido con un pequeño corpiño de cuero y en el cuello le había puesto un collar de perro terciopelado y negro, engarzado de diamantes. Observó cómo, su ahora marido, sacó de un cajón juguetes varios y un látigo.

—Ahora ya lo sabes, eres mi esclava y por lo pagado, no creo que haya discusión.

Ella comenzó a gritar. A él cada grito le excitaba sin tener en cuenta su desespero. Le atizaba, golpeaba y ya que él era incapaz, le profanó su experimentada alma con cientos de formas y tamaños.

La fortuna quiso que pasara cerca de ahí el hermoso muchacho a quien la mujer había humillado. Paseaba cabizbajo, acompañado de la luna. De pronto, oyó los gritos de una dama, y notó que se parecían mucho a los gemidos de su querida cortesana. Sin pensarlo mucho se dirigió a la entrada, empujó un poco la puerta, estaba sin pasar la llave, y consiguió entrar. Subió unas largas y grandes escaleras y se dirigió a la habitación de donde provenían los alaridos. Al ver la escena, antes de que el bruto se diera cuenta, cogió un bello jarrón que había en una esquina. Le atacó por detrás y con un golpe seco en la cabeza lo tumbó. Salieron de ahí, dirigiéndose a denunciar al monstruo.

—Gracias, grácil joven. Ahora si tú quieres, tuya seré para siempre —le declaró la señora al salir de la comisaría—, me he dado cuenta de que el corazón es más valioso que todos los lujos.

—No bella mía, ya vendiste hace tiempo tu alma. Igual yo he aprendido que no se debe amar a un corazón sucio.

CABELLO DE ÁNGEL

Le llamaban Cabello de Ángel porque, como joven atractivo y bello, se preocupaba en demasía de su melena rubia hasta los hombros. Tenía a las chicas de la universidad locas y, aunque tenía un cuerpo delgado y no muy fuerte, lo compensaba con esa hermosa cabellera y sus ojos de tonos oceánicos, profundos. Tenía un defecto: era muy cotilla, la curiosidad le ganaba. En ese primer año de curso se pasaba los días examinando cada rincón, cada zona. Sus amigos le advertían que no metiera las narices donde no le importaba porque podría meterse en algún lío. Así ocurrió.

Ángel se sentía cansado, dolorido y con ganas de llorar. Había pasado una noche extraña, estaba aterrorizado. No tanto por lo que había pasado sino por lo que juzgaba su cabeza, no estaba claro si le había gustado o no. Había sido humillado, vejado y maltratado, aun así, no se había quejado. Al despuntar el día llegó a la habitación que compartía en el campus con otros dos jóvenes. Llevaba el pelo empapado en sudor, la camiseta rasgada y la cara sucia entre sudor ajeno y algo pegajoso que le hacía recordar lo que había ocurrido la noche anterior. Sus compañeros al verlo se asustaron por su aspecto y él les contó la historia entre sollozos. Lo revivió todo de nuevo en su cabeza.

El recinto universitario tenía un bosquecito y quiso inspeccionarlo. Estaba en su exploración cuando se topó con una mansión bastante grande, parecía la casa de alguna hermandad. Acercándose a fisgonear observó, en el dintel de la entrada, el símbolo Alpha. La puerta estaba entreabierta y no pudo dejar pasar la oportunidad y descubrir cómo vivían esos estudiantes.

Llamó a ver si había alguien, sin respuesta. Sabía que cualquier otro se hubiera ido, pero él no era así, su curiosidad era más fuerte que la cautela. Pensó que no pasaría nada, así que entró. Lo primero que vio fue una gran entrada de estilo románica, con una escalinata enorme al fondo y una barandilla que simulaba pequeñas columnas corintias en hilera. A la derecha, una gran sala. Ahí se dirigió. Era el comedor. Al frente se encontraba una gran cocina y en el centro una larga mesa, sobre la cual estaba la cena puesta.

—¿Qué tendrán para cenar? —se cuestionó.

Se acercó y pudo ver que lo que contenía los platos era sopa, se veía riquísima, aún humeante. Algo le decía que tenía que probarla, nadie se enteraría si solo tomaba un sorbo. Probó una de las sopas, dos, estaba fría para su gusto; una tercera, la cuarta… estaban tan calientes que se le quemó la punta de la lengua. Así hasta diez sopas distintas, la última estaba cocinada en su punto, a una perfecta temperatura. No se pudo resistir y se la terminó. Para seguir con su exploración se dirigió a otra estancia que estaba a la izquierda de la entrada. Ahí había diez butacas frente a una pantalla gigante, a su derecha. «Qué bien lo tienen montado», pensó. Al otro lado, encontró una gran barra de bar llena de botellas de diferentes bebidas, con sus taburetes. Agarró un mando que había en una pequeña mesilla a un lado de la puerta y probó los asientos. Eran todos de tamaños diferentes, los dos primeros eran muy grandes y muy duros, le dejaban el trasero plano. El tercero y cuarto eran de un tamaño justo, pero demasiado blandos. Y al que hizo diez, era perfecto, muy cómodo, pero algo pequeño para él. Ahí se tumbó y se puso a pasar canales en la televisión. Estaba tan cómodo que se echó hacia atrás, cada vez más y, a causa del tamaño y el peso de su propio cuerpo, fue inclinándose aún más, perdiendo el equilibrio y terminó en el suelo.

Siguió su examen de la casa. Esta vez subió las grandes escalinatas que daban a un pasillo con puertas a cada lado. Al abrir la primera descubrió que eran habitaciones con dos camas. Después de todo el trajín, le dio un poco de sueño, por lo que aprovecharía para darse una cabezadita ya que estaba en el dormitorio. Los cuatro primeros catres se sentían muy blandos.

—¿Quién puede tumbarse ahí?

Los otros cinco eran muy duros, parecía que estaba tumbado en una roca lisa, se sentía terriblemente incómodo. Y el que hacía diez, era perfecto. Se acostó, cerró los ojos y se quedó dormido.

Al rato, llegaron diez machos de hacer deporte con ganas de comer y descansar de una mañana dura. Estos iban sin camiseta, sudorosos, barbudos y peludos como osos. Enseguida se dieron cuenta de que algo no cuadraba, alguien había estado ahí. Todos se miraron extrañados. Al más joven y más bajito se le oía quejarse desde la cocina.

—Se han comido mi sopa —miraba su plato casi sollozando.

Después salió corriendo hacia el salón. Los demás lo miraban al pasar delante de ellos.

—Han roto mi sillón —salió con la cara triste.

Todos los ahí presentes empezaron a cuestionarse entre ellos qué había pasado. Entonces oyeron algo parecido a un ronquido en la parte superior de la casa. Subieron todos hacía la zona de las habitaciones. Mientras todos revisaban sus camas, observaban que las sábanas estaban revueltas, se oyó a lo lejos al mismo joven de antes.

—¡Alguien está durmiendo en mi cama!

El muchacho que estaba ahí arropado y durmiendo despertó sobresaltado.

El estudiante fisgón vio entrar hasta nueve tipos grandes que se unieron al que ya estaba a su lado. El más alto, fuerte y musculoso de cabellos negros de estilo militar y una barba no muy larga en punta hacia abajo, se acercó haciéndose paso entre sus compañeros que estaban rodeando la cama. Se le veía una expresión de enfado en su cara.

—¿Quién eres? ¿Qué haces durmiendo en una de nuestras camas? ¿Cómo has entrado? —le preguntó mientras lo sujetaba.

—Lo siento, soy nuevo en la universidad. Fui a pasear por la zona y vi la mansión —se disculpó el muchacho mientras se fijaba que todos eran hombres robustos, tipos musculosos, con barbas y melenas largas, algunas recogidas y otras sueltas—. Estaba la puerta abierta, me entró la curiosidad y pensé que podía entrar.

—¿No sabes que no es de buena educación entrar en casa ajena sin permiso? —le instruyó otro de esos osos humanos—. Dicen que la curiosidad mató al gato y tú como pequeño gato vas a aprender.

Todos sonrieron mientras se miraban. En ese momento se dio cuenta de que estaba perdido. Entre los diez lo apresaron con sus grandes brazos, hasta el más jovencito tenía más músculos que él. Intentó zafarse, pero su fuerza de meses de gimnasio no sirvió de nada, ellos eran más y más fuertes. Entonces comenzó su pesadilla. Lo ataron de pies y manos a la cama, le taparon la boca con la ropa interior de alguno de ellos y comenzó a sentir un olor fuerte, era la acidez del sudor. Pensó que no podría haber algo peor que esa sensación. Sin intuir qué venía después, creyó que eso solo era para darle un susto de escarmiento… ¡Qué equivocado estaba! Cada uno de ellos se fue desnudando y el muchacho comenzó a moverse para desatarse. Quería gritar, pero le era imposible, casi no podía respirar con la tela tapándole la garganta. Se acercaron a él, notó los cuerpos afelpados sobre su cuerpo. El vello se le pegaba en la piel, las barbas le raspaban la espalda, las manos grandes y rugosas le cubrían cada parte de su cuerpo, cada rincón, hasta el más oculto. Sintió entonces lo que nunca hubiera imaginado. Todo se volvió una vorágine de sensaciones, miedo, dolor, humillación, ¿quizás placer?

—Eso no puede ser —su mente le hablaba rechazando toda sensación placentera.

El sabor masculino le recorría la garganta. Una humedad cremosa le llenaba la boca. Sintió cómo, en su más íntima vergüenza, el alma se le desgarraba a causa de un éxtasis varonil y cruel que quería evitar, pero no podía. Ese sentimiento le recorría todo el cuerpo, ansiaba que no terminara, aunque también deseaba no estar en ese lugar más tiempo. Terminó agotado. Con su ser enfangado de licores hormonales, sintió explotar su propio placer al tiempo que soportó la encantadora explosión de aquellos monstruos.

—¿Te ha gustado? —le decía la bestia más joven.

En su mente se repitió esa pregunta. No pudo contestar.

—No te preocupes, aún no ha terminado la noche.

Sus captores le dejaron descansar, le dieron algo para cenar y beber. Ellos se repusieron y cuando vieron que el chico estaba descansado, le dieron una opción.

—Puedes irte si quieres. Esperamos que hayas aprendido —le comunicó el que había empezado todo eso— pero si te apetece te quedas con nosotros.

Estaba confundido, no dijo nada y los inquilinos de esa hermandad sonrieron. Todo volvió a repetirse hasta que la luna desapareció para dar paso al alba. Lo soltaron al amanecer, sucio, derruido, lloroso y con las marcas de una velada oscura.

Sus compañeros lo miraron y le reprendieron al llegar a su habitación.

—Ya te lo habíamos dicho, al final, si metes tanto las narices en sitios ajenos, te iba a costar caro algún día —le echó en cara uno de ellos—, al gato por curioso, no le fue muy bien.

Se puso a llorar, pero no sabía si del horror vivido o al saber, en lo más íntimo, que no le desagradó tanto aquella vivencia.

COLIBRÍ Y FLOR

Vivía en una aldea el bello Colibrí. Era de buena familia, lo tenía todo y todo se lo daban. Era un muchachito caprichoso que nadie le negaba nada, ni le replicaba. Lo que tenía en demasía era miles de amigos, pero de esos que les faltaba sinceridad. Solo era gente interesada, personas que iban y venían, según se podían aprovechar de su bolsillo. A él le gustaba sentirse importante, aunque fuera todo falso. Un día iba paseando y tenía mucha hambre, por lo tanto, se acercó a un restaurante que le venía de camino. Era sencillo, austero, nada que ver con los que solía frecuentar por su posición, pero su estómago le estaba reclamando. Entró y se dirigió a la mesa que más le apetecía sin tener en cuenta el cartel que indicaba: esperar al camarero, pues se sentía en el derecho de ser atendido y se sentó en el lugar que gustó. En un momento llegó el camarero.

—Perdón —le increpó este con su rostro serio.

—Quiero esta mesa.

—Lo siento, está reservada —le respondió el camarero.

El muchacho, ni corto ni perezoso, sacó un fajo de dinero y se lo mostró. Se creía importante, además de hermoso. Pensaba que nadie le podía decir que no. Quería esa mesa y punto. Entonces, el trabajador, bufando, fue a buscar al dueño el cual se encaminó hacia la mesa donde se encontraba Colibrí.

—¿Sabes lo que es la educación? Porque veo que no sabes que no se compra, más bien se regala.

Después de eso lo echó a empujones.

Se fue enojado, jurando y perjurando que no volvería jamás.

Pasó delante de una pastelería, su nombre era «La Flor». El muchacho seguía teniendo hambre. Entró sin mediar palabra, ni siquiera se dignó a saludar. Seguidamente, se dirigió al mostrador y ahí vio un rico bollo, apetitoso. Entonces, como si estuviera en su casa, lo cogió.

—Señor, deje eso —dijo la linda muchacha que estaba detrás de los dulces—, parece que no tiene modales ni sabe qué son.

—Orgullosa deberías estar tú que un tipo tan hermoso como yo se digne a degustar tus dulces —le contestó mientras le dejaba el dinero y se fue dejándola con la cara de asombro.

—No vuelvas más, bello maleducado —le gritó la pobre muchacha.

Siguió andando y se sintió sediento, así que se acercó a una fuente donde dos perros bebían con su dueño.

—Aparta a esos animales, tengo sed y no quiero que se me pegue su suciedad —se quejó.

Al ver que no hacían nada para retirarse, decidió darle dos puntapiés a los pobres canes.

—¿Qué haces animal? —el dueño lo largó de un empujón.

Él se fue alejando riendo a carcajadas.

Al cabo de un tiempo, al joven le ocurrió una desgracia. Sus padres fallecieron dejándolo lleno de deudas sin que él supiera nada. Toda la herencia se esfumó y quedó arruinado. Perdió sus posesiones, su casa, su fortuna y aquellos que llamaba amigos. Buscó ayuda en ellos, pero habían desaparecido, nadie se acercó en su ayuda. Se había quedado solo. Al pasar de los días y deambular sin rumbo, llegó a ese restaurante humilde donde no había tenido educación. Fue a pedir algo de comer, pero no tenía cómo pagar.

—Por favor, ustedes que son tan buenas personas, ¿podrían regalarme aunque sea un trozo de pan?

—Vaya, ya no eres tan poderoso. ¿Sabes de qué puedes comer? De tu soberbia y, cuidado, no te atragantes —le contestó el dueño ante su súplica, cerrándole la puerta.

Siguió caminando hasta encontrarse al dueño de los perros en una esquina. Comía un bocadillo.

—Por favor, buen hombre, tengo hambre, ¿podrías darme, aunque sea, un trozo pequeño de tu almuerzo?

—Cuidado muchacho, no vaya a ser que te pegue la patada que te mereces y ¿ahora qué tienes que decir? ¿Ahora que eres un sucio pordiosero?

Se fue cabizbajo y sollozando, sus malas formas se volvían contra él. Paró y se sentó en una acera, llorando frente a la puerta de la tienda de dulces "La Flor". La muchacha, que le atendió la otra vez, lo vio y salió curiosa.

—¿Qué te pasa bello pajarito? —se preocupó la muchacha.

—Tengo hambre, mis padres murieron, no tengo amigos y no tengo dinero. —Ella entró en el local sin decir nada, enseguida salió y le ofreció un dulce.

—Espero que hayas aprendido la lección, por mucha belleza y dinero que tengas, no tienes nada —le instruyó la joven—. Ya ves, yo no tengo mucho, pero ayudo a quien me lo pide, así yo soy feliz.

Él la abrazó y ella le propuso trabajar en su tienda como repartidor. Aceptó y se esforzó.

Con el tiempo se hizo un hombre apuesto con dinero, pero lo más importante con un buen corazón.

LA LOCURA DEL GOBERNADOR

Existía una ciudad perdida en la memoria del tiempo, era una población muy joven, tanto, que ni niños había. El sol reinaba con una energía suprema. Gobernaba sobre sus habitantes un déspota gobernador. Era muy temido. Sus órdenes eran ley y nadie le cuestionaba. Las consecuencias de desobediencia eran nefastas. El calabozo era una minucia, en cambio, los golpes, los castigos y el uso de las espadas duraban días, hasta la muerte. Una situación que inundaba a todo el pueblo.

En la zona había una única fuente de agua dulce y cristalina situada en la plaza del pueblo de la cual todo habitante se abastecía: ricos y pobres, señores y vasallos. Era el único lugar donde se mezclaban las diferentes clases.

En temporada de fuertes temperaturas, el gobernador tuvo que ausentarse unos días, ya que debía tratar asuntos de estado con otros gobernantes como él. Esa misma noche, todos estaban tranquilos aguantando el calor. Apareció un ser con traje de etiqueta de entre las sombras con una capa del color del vino y unas zapatillas rojas.

Se acercó a la fuente, miró su reflejo en el agua, que iluminaba la reina de la noche, y pudo ver su faz: su sonrisa malévola, aterciopelada, esos ojos bañados en sangre, su pelo cayendo en mechones por la frente, en ondas de color de las brasas. Era bello y al mismo tiempo un verdadero diablo. He aquí, sacó de un bolsillo un pequeño frasco con una sustancia azulada y olor de dulce maldad. En un movimiento de muñeca, vació el contenido en el agua y, mientras un vaho espeso fluía, se pudo oír una vil carcajada. Este ser era malvado, no tenía razón para tales fechorías, solo lo hacía por diversión. Se cubrió con su capa y como apareció, se desvaneció.

Los calores eran extremos al despuntar el día. Los habitantes estaban desesperados, habían pasado una noche de intranquilidad por los sudores y el ardiente ambiente. Todos corrieron fuera de sus hogares en busca de la ansiada agua. Solo un joven que estaba cojo se quedó en casa a la espera que le trajera la fresca bebida. Vinieron de todos los rincones, no importaba su linaje. En fila ordenada, uno a uno, fueron pasando, bebiendo agua directamente con sus ánforas de terracota y con cuencos de metal. Se saciaron de la sed infernal. No se dieron cuenta de la manipulación, solo que estaba más fría y más exquisita que nunca, no podían parar de beber. Entonces, una magia diabólica comenzó a hacer efecto en sus adentros. Un fuego más ardiente que la temperatura exterior les recorrió las entrañas. No era molesto, pero la locura se apoderó de la ciudad. Todos empezaron a tener sudores fríos, sus miradas se volvieron salvajes y lascivas, continuaron así, hasta deshacerse de la ropa, les molestaba, y comenzaron a buscar algo de aire y de contacto carnal. Iban campando por las calles y plazas tal como habían llegado a este mundo, buscándose entre ellos, abrazándose, besándose.

Sin percatarse, estaban enganchados unos a otros y ocupando labios hambrientos. Varones desposeídos de toda vergüenza con salvaje masculinidad, sacando de adentro su parte femenina. Las hembras iban atando a sus maridos y amantes casuales forzándolos al placer. Bocas saciadas, cuevas húmedas exploradas y lanzas clavando en cavidades varias. Los hombres probaban el néctar del macho, compartiéndolo con sus esposas, mientras las mujeres degustaban algo desconocido, la miel de las damas. Ellos disfrutaban de la feminidad poderosa. Ellas disfrutaban de estacas desconocidas. Todos embestidos por diversos manjares corporales. Esas almas se habían desprovisto de todo pudor.

El chico que esperaba en la casa estaba atemorizado por tal locura, no sabía qué hacer. Pasaron tres días con sus noches sin parar esa demencia. El muchacho no se atrevía a acercarse a la fuente. Solo podía beber del agua estancada de un pequeño balde del patio de su casa. Estuvo escondido hasta que oyó las trompetas en el castillo del gobernador. Había llegado de su viaje. Venía de tierras lejanas a su morada. No encontró a nadie en su palacio ni veía a nadie por el pueblo, como de costumbre, y mandó a todo su séquito a que fueran a la plaza del pueblo a averiguar qué sucedía. Pasaron las horas y no regresaban, así el gobernador comenzó a ponerse nervioso, pensando en el castigo que les iba a dar por desobedecer. Estaba cavilando cuando llamaron al portón. Fue él mismo a ver quién era y descubrió, tras el arco de la puerta, a un muchacho apoyado en un cayado y la pierna izquierda al aire. Se le veía tan exhausto que casi no podía hablar.

—Señor, el ... pueblo ... está loco —consiguió decir el joven.

—¿Qué quieres decir?

—No me atrevería... a decirle... —dijo el chico avergonzado por lo que había visto esos días—. Solo venga a verlo.

El gobernador acompañó al muchacho hasta la plaza donde se ubicaba la fuente. Al llegar no daba crédito a esa locura. Estaban sus guardias y su servidumbre intimidando sin decoro con el pueblo llano o entre ellos mismos, sin miramientos. Los ciudadanos, al ver a su soberano ante ellos, se acercaron e intentaron quitarle la ropa para que se uniera a tal bacanal. Él, por supuesto, los rechazó, todos lo miraron con sorpresa y pensaron que el loco era su señor. Así que el gobernador sacó una fusta y comenzó a azotar a todo aquel que osaba acercarse. Claro error, más que molestarse les entusiasmó, les provocaba más excitación.

—La fuente, —gritó el joven cojo— vinieron a por agua y todo cambió.

En ese momento el gran señor supo qué había ocurrido. Algún diablo malvado y travieso envenenó el agua. Pero era difícil dar marcha atrás, no solía haber remedio. Por lo tanto, se resignó y se acercó a la fuente diciendo:

—Si todos estáis cuerdos y el loco soy yo, entonces me uno a vuestra cordura—dijo el noble hombre mirando al joven—. Te recomiendo que hagas lo mismo y disfruta del placer de la vida sin miedo.

El cojo se acercó a su señor. Se cogieron de las manos y los dos introdujeron la cabeza en el agua fresca, y bebieron hasta saciarse.

Porque en contra de lo que dicen, en el país de los locos el cuerdo no es el rey.

EL VALLE DE LOS NARANJOS

En la gran ciudad, tres hermanos compartían un piso. No tenían padres y se las tenían que arreglar solos. Pasaron tiempos que no eran muy buenos y tenían que buscar cómo ganarse la vida. El mayor de los hermanos decidió ir más allá de la montaña a buscar trabajo. Allí le habían contado que había un pueblo que tenía muchos peces en el mar y por esto, decidió hacerse pescador. Al principio mandaba noticias cada día, pero pronto desapareció.

Entonces, el segundo hermano, sabiendo que en el mismo pueblo había frutas dulces y sabrosas, con campos llenos de naranjas y limoneros, decidió irse a trabajar de recolector. También hubo noticias diarias, pero en una semana desapareció.

El tercero y menor de los hermanos, Lucas, estaba preocupado, tenía que hacer algo, pero el miedo a lo desconocido le echaba para atrás. Una noche, mientras intentaba conciliar el sueño, un bello caballero vestido de traje negro elegante y sombrero de ala ancha del mismo color, apareció a los pies de su cama. Se asustó y se tapó con las sábanas hasta la cabeza.

—No te asustes —le dijo al muchacho.

Lucas, miró sobre la cubierta dejando ver solo los ojos.

—Vengo a ayudarte —volvió a hablarle el siniestro hombre—, tus hermanos han sido apresados. El primero, por un rudo y cruel pescador que lo tiene secuestrado en un almacén en el puerto que le obliga a arreglar las redes día y noche. El segundo, por una vil dama que lo tiene encerrado en un huerto en una caseta en el jardín. Le hace limpiar y dar brillo a las naranjas sin descanso.

—¿Qué puedo hacer yo? —preguntó el muchacho destapándose hasta el cuello.

—Tienes que ir a liberarlos. No tengas miedo, yo estaré vigilando por si te pasa algo. Te doy el poder de la atracción —le dijo apoyando su mano derecha sobre el cabello canela del muchacho—. Ve más allá de las montañas y llegarás al otro lado, a un valle, el más hermoso que hayas visto nunca. Un paraje reluciente por sus colores dorado y bronce dado por sus cítricas frutas con vistas a un azul claro y cristalino, su mar. Verás diferentes seres: amables, hospitalarios, amigables, pero cuidado con los dos que te he dicho antes. De todos los demás, acepta su amistad.

El mago desapareció y el chico sintió algo en su alma en ese momento. Ya podría ser coraje en vez de atracción lo que le había prometido. Debía ponerle ganas y enfrentarse a la aventura si quería encontrar a sus hermanos. Cogió su mochila, algo de comida para el camino y se puso en marcha. Decidió ir por el largo camino de las vías para no cruzarse con curiosos. Tuvo que apartarse varias veces del camino para dejar pasar ese bello tren de madera que atravesaba la montaña entre túneles y lindos bosques. A medio camino llegó a un mirador. Desde ahí podía ver el pueblo. Era bello de verdad. El contraste del azul turquesa, el verde esmeralda y los anaranjados y amarillos. En el centro, una espléndida iglesia lo coronaba. Estaba distinguiendo a su vista un gran cuadro natural. De pronto llegó uno de los trenes y paró. Salieron decenas de personas de diferentes colores y lenguas que, sorprendidos, fotografiaban todo lo que veían. El chico notó que alguien le tocaban el hombro, se giró y ahí tenía a un *tiarrón*, grande, musculoso y con una buena barba espesa y negra: mientras que él era chiquito de cuerpo, delgado y definido e imberbe. Se miraron a los ojos. Los de Lucas eran azules como ese mar, los del hombre, verdes como ese espeso bosque que rodeaba aquella aldea.

—¿Qué haces aquí solo? ¿Vas andando al pueblo? —le preguntó.

Por su vestimenta de camisa y peto tejano se dio cuenta de que era el conductor. El chico solo asintió con la cabeza.

—Si quieres, puedes venir conmigo en la máquina... solo que al llegar tendrás que pagarme. Como pienso que no tienes dinero solo pediré el deseo de tu carne.

Lucas no sabía qué hacer. Nunca había probado pasión de cuerpo alguno, pero estaba cansado de caminar y por sus hermanos haría cualquier cosa para llegar lo antes posible. Así aceptó, algo le decía que en esa aventura también descubriría cosas nuevas. El viaje fue agradable, veía como se acercaba al paraíso. El traqueteo le tranquilizaba como un balanceo de cuna en la noche. La mano del conductor enseguida pasó a agarrar su trasero, el chico dio un respingo, pero no se apartó, le gustaba esa sensación. Al pasar por un oscuro túnel en su camino le rodeó el cuerpo con un brazo, lo acercó a su cara y lo besó. Le comió sus delicados labios mientras sus lenguas exploraban. Percibió que a su cuerpo le gustaba. Llegaron al destino y lo prometido no se debía hacer deuda. Se dirigieron a un almacén de reparación de vagones y entre forjas y maderas experimentó el placer masculino en todas sus versiones. Supo a qué sabe una espada poco afilada, pero dura y también qué sensación es sentirla clavada en su ser. Hubo dolor en un momento, pero se convirtió en deseo. Se sintió embriagado, sus entrañas explotaron y sintió a su amante ocasional en su mismo ser recorriéndole todo el cuerpo. Después de eso quería más, ¿volvería? Ahora no era lo importante, tenía que encontrar el huerto de la bruja de las naranjas.

Llegó al centro del pueblo. Decorando la plaza, bellos árboles de fruto oxidado. Una dorada luz lo impregnaba todo. Ante sus fascinados ojos se hallaba la gran catedral, con altas torres de punta, piedras que tenían mucha historia que contar. Su portada se alzaba enorme, contaban lo que el tiempo le dio a su memoria. Rodeando todo ese espacio había varios bares. Se podía observar gente de todas las edades, con vestimentas de miles de colores. En sus rostros se les dibujaban sonrisas contagiosas, naciendo de ellas murmullos y altas voces de alegría y jolgorio. Había hermandad, cariño y simpatía. Una mezcla de orígenes. Era un paraíso de las relaciones humanas. Deseaba quedarse ahí para siempre. Buscó a alguien a quien preguntar. Se dirigió a una pastelería que se descubría en una esquina. Atraído por los jugosos pasteles que estaban en el aparador, entró y un panadero encantador, regordete, ya maduro y sucio de harina en su delantal, le atendió mirándole fijamente. Lucas pidió uno de los sabrosos bollos rellenos de crema. Al ir a pagar se dio cuenta de que no llevaba dinero suficiente. Se quedó cabizbajo y el panadero se le acercó y le tocó un hombro para su consuelo. Lo miró a los ojos y pudo ver su color marrón y brillante ante él. El hombre se pasó la lengua por los labios suavemente y se pronunció.

—No te preocupes, si quieres venir conmigo atrás —el hombre señaló el obrador— y me lo pagas con tus encantos. No sé qué me pasa, pero te deseo como a un jugoso pan.

El chico ya sabía lo que había que hacer, esta vez no sería una sorpresa, por lo tanto, asintió. El panadero llamó a su mujer para que atendiera y desapareció con el chico. Entre harina, panes y levaduras, sus cuerpos ardieron como los mismos hornos que había alrededor. Disfrutó de la mezcla de vainilla en su saliva, mezclada con la de este nuevo amante. Olor a bollería entremezclada con la de macho sudoroso. Estaba extasiado probando la carne enharinada. Los dos terminaron su trabajo al mismo tiempo y salieron con una buena sonrisa. La mujer se los quedó mirando, sonrió y desapareció.

—¿Dónde puedo encontrar el huerto de una señora que vende naranjas? —le preguntó el muchacho—. Dicen que es muy cruel y tiene a sus empleados esclavizados. Ella tiene a mi hermano.

—Sí, sal del pueblo y dirígete a la costa. La primera mansión que encuentres nada más salir, ahí es. Pero ten cuidado, se te ve un muchacho bueno. Ella es perversa y por mucho que le pagues o satisfagas sus deseos, no te dejará libre, serás uno más de sus tesoros.

Lucas, preocupado sobre todo por sus hermanos, tomó camino. Al llegar a la gran mansión llamó a la puerta. Le salió una linda doncella de piel rosada y delicada, ojos como la miel de primavera y una pequeña melena que le caía sobre las orejas diminutas.

—Hola, necesito tu ayuda —pidió el muchacho— aquí está mi hermano, está atrapado y necesito liberarlo.

—La señora no está ahora, pero te puedo ayudar, solo me tendrás que pagar con un favor —le confesó la muchacha algo tímida.

—Te daré lo que pidas.

Ella le miró, lo cogió de la mano y se lo llevó a una de las tantas alcobas. Allí le pidió que le hiciera sentir hembra, era su primera vez. La señora no le dejaba conocer varón y él era un mozo bello y quería sentirlo. Así lo hizo. Sin mucha experiencia en damas disfrutó de esos montes turgentes y deliciosos. Degustó la cueva húmeda que le ofrecía, exquisita. Esos labios carnosos y afrutados apresaron los suyos salvajemente para atrapar luego su propia bestia. Gritos placenteros, sabores contrastados, y su arma hirió hasta lo más hondo el ser de la joven, generando gemidos y desgarradores aullidos. De pronto, se oyó un ruido en la planta baja. Terminaron al compás y se vistieron a toda prisa. La señora de la casa estaba entrando. Lucas le dijo, en un susurro, algo a la joven y se fue al encuentro de la cruel propietaria.

—¿Quién eres tú? —preguntó la mujer al verlo bajar por la gran escalinata del recibidor.

Era una dama con gran atractivo, solo pocos rastros de la madurez asomaban en su duro rostro. Su cabello era corto, de color de la madera oscura decorado por un mechón natural de tono ceniza. El escote que llevaba ofrecía la visión de unos pechos grandes y firmes.

—Perdón por entrar sin avisar —se disculpó bajando la cabeza en demostración de inocencia—, buscaba trabajo y me han dicho que aquí podría encontrar, sé hacer cualquier cosa que me mande.

—Mmm —expresó la mujer con ojos brillantes y una lengua que se paseaba por sus labios, observando a su nueva propiedad—, te ves bien apetecible, tengo un buen trabajo para ti. Será darme placer.

Cogiéndolo del brazo se lo llevó a un gran salón a la derecha de la entrada de la casa. Le acomodó en el sofá y le ordenó desnudarse. A continuación, sacó unos utensilios de un pequeño baúl. Le hizo ponerse un collar de perro en el cuello de donde colgaba una cadena, un arnés negro de cuero y unas medias femeninas con unas ligas de color bermellón. Se sintió algo raro y humillado, pero tenía que obedecer. Ella le comenzó a morder sus pequeñas aureolas en los pectorales y a explorar sus rincones. Esos labios, ya expertos, le recorrieron todo su ser hasta llegar al máximo de su grandeza. Él sentía cómo la red de las piernas se ajustaba más, esa sensación comenzó a gustarle, estaba en éxtasis. Entonces ella aprovechó la potencia y sentándose sobre él, encajó su misterio con el de su esclavo y comenzó a cabalgar como yegua en celo. El muchacho sintió explotar no una vez, sino dos o tres veces, y ella no se cansaba. Hasta que, con un grito casi aterrador, paró echando su espalda para atrás. En ese momento, Lucas vislumbró a la doncella dirigiéndose a la puerta. El muchacho agarró a la señora y la atrajo hacia sí mismo y absorbió esa boca madura. Ella le correspondió jugando con sus lenguas. La muchacha salió corriendo de la casa dejando la puerta entreabierta. Fue a la caseta del jardín liberando al hermano, un muchacho casi en los huesos y con su cabello que solía ser áureo, ahora sucio y grasiento. Le pidió que confiara en ella, que venía de parte de su hermano y salieron corriendo. La bruja se levantó, ya exhausta, de encima del chico. Él suspiró y la miró con cara de pobre desvalido.

—Señora, mi señora y ama, tengo mucha sed y me duele algo el cuerpo, ¿puede traerme un vaso de agua? —pidió haciéndole ver que estaba en su poder.

—Está bien, es tu primer día y te has portado muy bien.

Así desapareció tras una puerta que llevaba a la cocina, en un lado del salón. Él aprovechó y salió corriendo. Solo pudo ponerse los pantalones. Se quitó el arnés y lo intentó con el collar, pero estaba cerrado con un candado. «Bueno, eso lo solucionaré más tarde», pensó, ya que no había que perder más tiempo. Separó la cadena y agarró la mochila que había dejado tirada cerca de la puerta. También, una daga de plata que había sobre un mueble cerca de la entrada y salió corriendo.

Fue un camino largo hasta que vio aparecer el mar en la distancia. Se dio algo más deprisa para llegar al puerto de pescadores. Había unos cuantos trabajando con las redes cerca de los barcos y decidió acercarse. Estos se dieron cuenta y le observaron mientras llegaba. Al primero que se acercó era un joven, atractivo, rubio como la paja y de rostro imberbe.

—Hola, ¿qué tal estas? ¿puedes ayudarme? —preguntó amablemente Lucas.

El otro chico le miró el cuello, con sus ojos miel, analizándolo. Entonces se acordó que aún llevaba puesto el collar. Intentó disimular tapándoselo con las dos manos.

—Estoy buscando al pescador más cruel, que tiene a mi hermano atrapado.

—Sí, lo conozco. Es más, lo conocemos todos. Tienes que tener cuidado con él. Es ese de ahí, el último —señaló a un tipo grande, con una barriga considerable y cara de enojo que parecía algo salvaje—. Tu hermano está en el almacén de redes, está atado. Si quieres te puedo ayudar, pero antes quiero hacer servir eso que llevas en el cuello y me hagas sentir poderoso por una vez.

Lucas separó las manos, ya que lo había descubierto. Se estaba acostumbrando a esos favores. Se metieron en la barca más cercana. El nuevo muchacho cogió una soga, la enganchó al collarín y la estiró haciendo que Lucas quedara de rodillas. Entonces le introdujo su valor en la boca jugosa y se convirtió en un perro hambriento. El muchacho no duró mucho en darle su esencia, que Lucas saboreó ya que se había convertido en un placer gastronómico. Se levantó intentando limpiarse la boca, le entregó la daga de plata que había conseguido en la mansión y le informó cómo iban a hacerlo. Por su parte, se dirigió al ogro que esperaba al terminar el muelle. Mientras pasaba por delante de los otros pescadores se fijó que todos lo iban observando con unas caras lascivas. Solo pensó en lo que le esperaba. Llegó a su destino.

—Hola, señor, estoy buscando un trabajo en la pesca —informó el chico.

—Mmm —se relamió y lo miró de arriba abajo.

Con una mano le palpó todo el pecho, le agarró del collar y lo atrajo hasta su barriga, y mirando a los demás gritó: «¡Mirad muchachos, este perro me pide trabajo, vamos a divertirnos y que trabaje ya!»

Entonces todos se dirigieron hacia ellos y lo rodearon. El capataz lo agarró de los pantalones y se los quitó. No se acordaba que llevaba aún las medias de la bruja y el liguero.

—Vaya sorpresa, además no es perro, es perrita —soltó una enorme carcajada.

Entonces le hizo poner a cuatro patas como un animal, se bajó su propio pantalón y le puso en frente su arpón, le pegó una cachetada para que abriera su ya no íntima dulce boca, notaba como dos más se ponían a los lados con las suyas fuera. Giró la cabeza, vio al joven sacar a su hermano con el pelo anaranjado, parecía negro de la suciedad, estaba más delgado de lo normal y ataviado con ropas rotas y roñosas. Al verlo distraído el bruto estiró de nuevo y al volverse se encontró tres lanzas juntas dispuestas a ser clavadas. No, era demasiado, quería que terminara todo.

—¡Parad desalmados! —era la voz del visitante de aquella noche.

Los pescadores miraron en esa dirección donde se encontraban el conductor del tren, el panadero, la doncella, el joven pescador, los dos hermanos y el personaje misterioso. Se acercaron a los pescadores para atacarlos y aprovechando el descontrol, ahora sí, como can, mordió con fuerza la mano que le agarraba del cuello. El malvado gritó, y el joven, con la cabeza y toda su fuerza lo empujó hasta el borde del muelle haciéndole perder el equilibrio. Aquel ser sin escrúpulos cayó al agua con su propio peso y maldad, desapareciendo en el fondo del mar. Los pescadores se miraron unos a otros, mirando a sus atacantes, mirando al extraño chico en lencería y con un collar de animal. No entendían nada, no sabían por qué llevaban los pantalones bajados. El joven del grupo habló.

—Estaban todos hechizados. El ogro cruel era un malvado brujo que les echó un conjuro. Yo llegué después buscando a mi hermana que él vendió a la dama cruel. Al estar solo y sin ayuda terminé a su merced. Así tú me has ayudado y te doy las gracias, extranjero.

Acercándose a Lucas le dio un beso apasionado.

—Pues ya ves —dijo el extraño de la noche—, yo nunca te di el don de la atracción igual que nunca te di lo que querías, el coraje. Tú ya los tenías. Si te lo propones conseguirás lo que tú quieras, sin miedo, siempre luchando. Ahora has conseguido estos amigos, este es tu nuevo hogar, que siempre lo fue. Disfruta de este paraíso, gracias a ti, sin brujas ni hechiceros.

—Pero ¿y la señora cruel? ¿Y la hermana de este chico? —preguntó el muchacho.

—Yo soy la hermana y ya me encargué de la vil dueña —se acercó la doncella al joven pescador y le dio un abrazo—. Al ver tu coraje fui al pozo del jardín, ella vino enfadada preguntando por su nuevo esclavo. Le dije que caíste al pozo y al mirar hacia el oscuro hueco la empujé. Lo tapé con una gran tapa de mármol y ahí se quedará para siempre.

EGO TE ABSOLVO

Ahí lo tenía frente a él, había vuelto de nuevo, quizás nunca se fue.

Era un calco perfecto de sí mismo, pelo del color de la plata bien pulida, corto, bien engominado, barba cubierta por las nieves del tiempo prematuro. Solo había una diferencia entre los dos, sus miradas. La suya era de un azul claro, brillante y con cierta melancolía. La de su inseparable amigo era dura, de un azul opaco, llegando a una oscuridad más allá de lo comprensible. Ahí estaba, en el sillón de cuero negro junto a la imponente chimenea de hierro forjado negro. Se hallaba recostado con una copa de ron, dándole vueltas sobre la palma para mantener el calor perfecto. La otra, iba acariciando el reposabrazos de una manera suave, delicada como si fuera un perfecto amante.

Iba vestido con sus habituales pantalones tejanos negros ajustados, impecables. Una camisa blanca con los ribetes del cuello en azul, abierta hasta el tercer botón, mostraba con orgullo su pecho, adornado de vello rubio. En la boca, jugueteaba con un habano de un aroma, que al dueño de la casa embriagaba: lo apretaba con los dientes mientras le sonreía, mientras Alberto entraba en su estancia preferida, la biblioteca. Era su viva imagen, eso de verdad lo intrigaba.

—¿Lo has hecho? —le preguntó su amigo agarrando el puro con su mano libre.

—No, aún no lo he llamado —le contestó el recién llegado—. Sabes que me cuesta, él me quiere de verdad y es cruel hacerle esto.

—¿Cómo? —Se levantó irritado de un salto, se dirigió hacia él quedando frente a frente y se veía a sí mismo dando una calada al puro y echándole el humo en la cara—. ¿Quieres tirar por los aires todo lo que hemos conseguido? Sabes que es él o nosotros, bueno tú y todo esto.

El compañero enfadado señaló con sus brazos abiertos, sin soltar de sus manos sus placeres, toda la estancia dando un giro sobre sí mismo.

—Tienes razón —bajó la cabeza—. Él no pensó en mí cuando aceptó ese papel. Lo llamaré, el papel debe ser mío, sino quedaré en el olvido. Soy mejor, tengo más talento, solo fue un mal día y lo eligieron a él dejándome en segundo plano.

El otro, le ofreció el celular, marcó el número de la única persona que quedaba en su vida, bueno la segunda. Los tonos de llamada se alargaban, nadie contestaba.

—No lo coge —dijo mientras colgaba—, llamaré en un rato.

—No te preocupes, aún tienes tiempo. Siéntate, toma uno de tus maravillosos puros y relájate, yo estoy aquí.

Se tiró en el sillón donde antes había estado el otro. Se encendió uno de sus exclusivos tabacos, aspiró suavemente y se dejó llevar. Su protector le quitó la camisa. Sintió las manos suaves y delicadas de su compañero presionando los hombros por detrás, con ternura.

—Relájate, te lo mereces, eres el mejor.

Alberto cerró los ojos, se dejó llevar. Viajó a ese primer momento cuando conoció a este ser que nunca se separaría de él. Era una noche especial, le habían dado su primer papel importante después de tanto esfuerzo, pruebas y pequeños trabajos como actor que era. Estaba sentado en la barra del bar de moda. Frente a él, sus compañeros de academia celebrando su respectivo éxito.

—Veo que te estás divirtiendo. ¡Enhorabuena! —se giró, Lo que vio le dejó impresionado. Un hombre que era igual que él, un calco, le estaba hablando.

—Ya veo que te has sorprendido —le dijo el sujeto.

—¿Quién eres? —le preguntó con desconfianza—, eres igual que yo, ¿cómo es posible?

—Así es, podría ser un alma gemela, pero bueno piensa en un hermano perdido.

—Parece una locura, pero encantado —le contestó con una sonrisa y curiosidad—me llamo Alberto.

—Lo sé también, pero no te molesto más. Estás disfrutando tu momento ya que te han dado el papel principal. Solo te advierto de una cosa, ten cuidado, no te fíes de ellos, eres mucho mejor. Cuando no te des cuenta pueden traicionarte.

—¡Qué va! Son muy buenas personas y no soy mejor que ellos. Todos nosotros somos iguales, el papel lo hubiera podido hacer cualquier otro.

—No te mientas, tú sabes que estás muy por encima y no deberías olvidarlo. Por esa razón estoy aquí.

Así empezó esa amistad inquebrantable. Permanecían todos los días y noches juntos. También fue el principio de su éxito y comenzó a triunfar, a ganar premios. Le proveían de obras importantes y reconocimientos varios. Todo esto mientras se apartaba de los suyos. Los demás nunca llegarían a su nivel y a su perfección. Premios tras premios, la gente le adulaba, le admiraba, aunque no creía que fueran meras alabanzas. Sabía que todas esas muestras eran reales. Se había convertido en el actor de moda, el más carismático ante las cámaras y se sentía imprescindible. Ganó mucho dinero en compañía, solamente, de su inseparable amigo. Montaba fiestas que eran famosas entre la gente importante e influyente. Por lo tanto, lo tenía todo, era un ser que estaba lo más cercano a Dios para que todos le admiraran.

Todo esta era perfecto, hasta que apareció el que pudo hacer tambalear todo eso en esas reuniones. Era un joven. Lo vio entrar en el salón principal, donde todos estaban divirtiéndose. Poseía un gran atractivo. Tenía el pelo corto y negro, como la misma noche. De sus ojos surgió una luz de color rubí, que a la distancia lo hechizaron. Andaba tan elegante, que no podía evitar acercarse. Fue directo al actor novel que había ganado su primer premio como actor principal en un corto independiente.

Hablaron, conectó con el desconocido, más que con cualquier otra persona. Se presentaron y supo su nombre, Uriel. Entre risas y bailes lo invitó a su genial biblioteca para estar en intimidad. El chico estaba encantado, pues no pensaba que una estrella como él le dedicara nunca sus encantos.

—¿Qué haces? —le preguntó su inseparable amigo, cerrándole el paso, en cuanto iba a cruzar la puerta de la estancia privada.

—Por favor, ahora déjame con él. Ya hablaremos.

Su amigo no dijo nada más y se fue. No solo esa noche, en definitiva, desapareció de su vida. Desde este momento disfrutó de su amante mientras sus carreras evolucionaban. Sus éxitos no les importaban, en su mundo solo existían ellos. Uriel iba recogiendo fama mientras Alberto seguía en la cima. Pero un día todo eso cambió. Acostados los dos en la cama, su amor le miró con entusiasmo y le enseñó una revista que llevaba en la mano.

—¿Has visto? —le enseñó una página con una encuesta de popularidad—. Estoy en la lista de los mejores actores del momento, tres puestos por detrás de ti. Es algo normal ya que eres el mejor y me siento muy orgulloso. Somos los mejores.

—Me alegro, cariño —no lo dijo con mucho entusiasmo. Se dibujó una sonrisa forzada en su boca. Su chico lo besó mientras se levantaba y se dirigía al baño.

—Te lo dije —le dijo su amigo—. He vuelto.

Apareció de pie frente a la cama, semidesnudo, con solo un slip. Allí estaba su cuerpo perfecto tal como el suyo.

—Veo cómo va trepando puestos —dijo desafiándole.

—¿Qué haces aquí? —le interrogó— ¿Dónde has estado?

—Eso no importa. He regresado para salvarte de tu estupidez. No te has dado cuenta de que tu amiguito tiene más contratos que tú y recibe más premios. Mira la otra página.

Echó un vistazo. En toda la página se observaba una foto de su amor. El titular exponía: "Uriel, el actor del momento, un nuevo dios en el Olimpo cinematográfico".

—No hay lugar para los dos. Seguro que se habrá trabajado a más de un director y productor, ya sabes de qué te hablo.

Sí, lo sabía. Algún favor tuvo que hacer en el pasado para subir en sus inicios. Era atractivo, qué más da si disfrutaban y él era recompensado.

—No te engañes —prosiguió—, sabes que ser el mejor te hace estar solo. Pero acuérdate, yo siempre estaré a tu lado.

—No creo que sea así. Confío en él.

—Entonces, ¿por qué tiene esta tarde una prueba para una gran producción? ¿Por qué no te ha dicho nada?

Entonces desapareció por la puerta. Uriel salió del baño con una sola toalla. Alberto se quedó mirando entre deseo y desconfianza. El otro empezó a vestirse.

—¿Dónde vas? —le preguntó desde la cama.

—A una prueba ¿no te lo dije? —le contestó sonriente mientras terminaba de ponerse la ropa—. No pensé que te interesara. A ti te llaman, pero si quieres vente, es para una película pequeña. No te dirán que no e imagínate los dos juntos en un mismo film.

—Pensándolo bien, sí, iré —le dijo mientras se levantó, se acercó y le dio un beso rápido—. Espérame, vamos juntos.

Al final cogieron a Uriel de protagonista y a él de secundario. No podía soportarlo. «¿Qué se creía ese niñato y la productora?», pensó.

Seguía sintiendo ese agradable masaje en los hombros.

Abrió los ojos, se encontraba en la biblioteca. Miró a su igual y cogió el celular. Antes de poder marcar el número de Uriel, lo vio entrar por la puerta de la sala.

—Hola, mi cielo —le saludó—, ¿me has llamado?

Ahí lo tenía delante de él, con su cara inocente.

—Sí, lo he hecho —dijo levantándose con el habano en la mano.

Le dio un beso y le cogió una mano.

—Me han llamado de la productora, al final han cambiado de idea. No estarás en la película. Lo siento amor.

—Ah bueno, no pasa nada —le contestó tranquilo—, creía que era algo urgente. Ya vendrán más oportunidades. Me basta tenerte a ti.

—Eso es lo otro —dijo mientras su rostro se teñía de desprecio—. Me preocupa tu supuesta falta de ambición. Me desequilibra que no hagas nada por triunfar, solo piensas que con tu cara bonita puedes conseguirlo todo. Bueno, así me imagino que lo conseguirás.

—¿Me estás hablando en serio? —ahora sí cambió su cara a una expresión de rabia, le soltó las manos bruscamente y se apartó—. Sabía que eras vanidoso, ¿pero tanto? Eres un engreído, quizás temas que te supere y triunfe más. No todos somos como tú, ¿sabes qué? Yo ya te iba conociendo y creía que cambiarías algo. No es así, estás podrido por dentro.

Uriel lo miró con desprecio por última vez y salió por la puerta. Alberto sintió un dolor agudo en su corazón. Quería seguirlo y recordó esa noche en el bar.

—¿Cómo te llamas?

—Mi nombre más habitual es Ego y siempre estaré a tu lado.

Volvió a la realidad, a su realidad y sintió una mano en el hombro.

—Déjalo —era su ego el que le hablaba—, tendrás más como él.

Sabía que estaría siempre solo, vacío. Ese fue el camino que eligió. Podría haber escogido otro más feliz, pero sabía una cosa, era el mejor. Sonrió y el corazón se le paró.

EL CUENTO DE LOS DIENTES

En una casa, en un pueblo algo lejano, había un niño muy especial. Él aún no lo sabía, pero ella sí, su madre. Tenía que estimularle a seguir siendo como era, protegerlo de todo mal de este mundo cruel. En el hogar también vivía el padre, la cabeza dominante de la casa. Un hombre duro, bruto y algo violento en sus palabras. Ella hacía todo lo posible para que no se diera cuenta y que creyera que todo era feliz en el hogar: trabajaba de sol a sol en lo que le surgía, y como no tenía estudios, tenía que limpiar la suciedad de los demás y dar alimento a extraños mientras había veces que ni comía para que su niño tuviera todo lo que necesitaba, en resumen, le deseaba que estuviera en paz.

Un día, al pequeño se le cayó un diente. Fue alarmado a su mamá y le enseñó llorando lo que de la boca se le había desprendido. Ella le explicó que no se tenía que preocupar, que se estaba haciendo un hombrecito y que para seguir haciéndose mayor y un hombre hermoso y bueno debía dejarlo debajo de la almohada. Mientras, cuando estuviera viajando en sus sueños, un hada hermosa se lo llevaría a su palacio, donde almacenaría todos sus dientes. A cambio, le dejaría unas monedas por cada uno, las cuales él tenía que guardar hasta que se cayera el último.

—Pero mamá. Me quedaré sin dientes, ¿cómo comeré? —preguntó asustado el niño.

—No te preocupes —se río la madre—. Vuelven a salir más fuertes y más lindos como lo harás tú por ti mismo.

El niño era muy curioso y quería saber quién era esa hada que le iba a regalar monedas. La madre le decía y le repetía que no podía ser porque el hada se asustaría y no iría más. Tenía que dormir pronto. Esa noche puso el diente como le dijo su madre y se acostó pronto. Lo que no hizo fue dormir y, girado hacia la pared, dejó que su madre le creyera dormido. Pero ¿cómo se creía tan listo? Agotado de todo su día de colegio y sus juegos en la calle, quedó rendido. Mientras tanto, se oía el sonido de una nana horrible que él, por el momento, no podía entender. Le mecía en sus sueños sin que se despertara. Él se veía en un mundo mágico bailando con una linda muchacha y su vestido dorado. Sin rostro, lo acunaba en los pasos de baile sobre las nubes, a la par que la banda sonora del salón no era tan agradable, entre gritos y desprecios.

—Estas malcriándolo. Tiene que ser un hombre y aprender que la vida es injusta —gritaba el padre a la vez que agarraba a la madre del brazo.

—Es solo un niño. Déjame que me estás haciendo daño —le imploraba su esposa—. Esta noche has bebido demasiado.

—Algo tendré que hacer para soportaros. Como siempre, la comida está fría y estoy cansado de trabajar. Me tratas como si no te importara.

—Sabes que yo estoy todo el día trabajando. La casa me absorbe, el niño, no puedo con todo. Si te calientas la cena no te pasará nada.

—¿Que tú trabajas? Me gustaría verlo. Si quisiera hacerme la comida no me habría casado, habría sido cocinero —le apretó más el brazo.

Le hacía mucho daño. La mujer le empujó para zafarse y él la miró con los ojos ensangrentados por el alcohol. Le propinó un tortazo tan fuerte que la tumbó en el suelo y comenzó a llorar.

—Levántate y termina de calentarme la comida. No me hagas seguir —la amenazó.

Ella se puso en pie aterrada y se marchó a la cocina. El niño seguía dormido, ajeno.

Y el tiempo pasaba. Diente a diente, el niño fue creciendo y haciéndose un hombrecito. Era feliz ya que su madre lo protegía de todo mal. No se daba cuenta de nada. Ella, por su parte, se la veía cansada y más apagada. Aunque delante del muchachito se le dibujaba una luminosa sonrisa que desaparecía cuando él se marchaba.

El último diente se le cayó. Esta vez iba a estar despierto. Tenía que verle la cara a ese hermoso personaje que danzaba en sus noches y le traía un precioso regalo.

Intentó estar despierto toda la noche y su bella amiga no llegaba. La oscuridad de las horas le ganó y finalmente cerró los ojos. Un ruido lo despertó de nuevo. Su sueño era débil esa noche. Girándose hacia la puerta entreabrió los ojos y vio salir al hada. Estaba de espaldas con su vestido dorado. Pareciera que flotaba sobre el suelo. Revisó la almohada y ahí estaban las monedas. Entonces oyó un grito seguido de un gruñido aterrador. Se levantó entre el sueño y el despertar. Se dirigió al salón y ahí vio una escena aterradora. Su princesa de la noche estaba en el suelo. Su vestido estaba hecho jirones. Ella, con las manos, se tapaba la cara mientras lloraba. Frente a la mujer había un monstruo. Un enorme ogro que le gritaba. Gruñía palabras que no podía entender con los ojos rojos en sangre y una faz descompuesta. Lo que más le aterró es que portaba una gran espada en la mano, amenazante hacia la dama de las estrellas. No se lo pensó dos veces, corrió hacia el monstruo y con todo su cuerpo le propinó un empujón. El gigante se tambaleó y con todo su cuerpo cayó al suelo. Se tocó la cabeza donde salía un hilo de sangre y lo miró con furia mientras intentaba levantarse. El niño lo oyó con su voz desgarrada y tenebrosa.

—La has cagado hijo de...

Antes de oír el final, notó la mano dulce y delicada de su hada. Esta lo arrastró a la habitación mientras con un teléfono en la mano hablaba nerviosa con alguien. Se encerraron. Ella les dio su dirección a los que estaban al otro lado del teléfono. El desalmado se abalanzó sobre la puerta cerrada. La golpeaba con fuerza ordenando que salieran, soltando palabras sucias e ininteligibles para el niño. Ella lo abrazó y él la miro a la cara. La sorpresa le dejó aturdido. Por fin sabía quién era el hada de los dientes, era su madre. Se desmayó.

En su mente venían las imágenes que antes no había querido entender: cómo su madre venía de trabajar cansada, pero la veía llena de energía para jugar con él. Una mujer con lágrimas que se esforzaba en sonreír cuando estaba enfermo o algo le preocupaba. Una mujer que lo defendía de todos los monstruos que le rodeaban mientras tenía que aguantar al suyo propio. Cómo se iba de casa a altas horas. Volvía al tiempo llorosa y cuando le preguntaba, decía con una sonrisa que solo había ido a tomar un poco de aire, quien, con su cansado cuerpo, trabajaba para que tuviera lo que le hacía feliz a su hijo. Una madre fuerte que ahogaba sus lágrimas en la sombra para que nunca viera él tristeza.

Despertó con el sonido de una sirena. Hubo un golpe en la puerta principal y unos gritos:

—Quédese quieto. No se resista.

—Es mi mujer. Tengo derecho. Es mía.

—No lo ponga más difícil.

El silencio.

Un caballero vestido de negro y capa azul entró en la habitación. El niño abrazó a su madre susurrándole al oído.

—Mamá. El ogro se ha ido. Yo te protegeré desde ahora.

La mujer empezó a llorar. El monstruo desapareció y el muchacho no tuvo más dientes que se le cayeran. Se hizo un joven hermoso y virtuoso. Con sus problemas y sus turbaciones, pero al entrar en la casa siempre le dedicaba una gran sonrisa y un beso en la mejilla a su madre. Se lo debía. Estaba enferma y cansada. Se pasaba horas sentada en su butaca, cerca de la ventana del cuarto. El muchacho se le acercó.

—Mamá. Ya he gastado ese dinero que guardé del hada de los dientes —la madre lo miró con cierta tristeza, pero le dedicó una tierna sonrisa—. Levántate y sígueme.

El muchacho sacó de una bolsa un lindo vestido dorado. Se lo puso a su madre. A ella se le iluminaron los ojos, la cogió de la mano y la llevó al salón donde había preparado la cena. Cenaron, conversaron y rieron. Al terminar, el muchacho puso un vals en el aparato de música y la agarró de los brazos. La levantó y bailaron. Parecían flotar en las nubes como en sus sueños. Ella tenía una sonrisa sincera mientras una lágrima le caía por la mejilla. Él la beso en ese lado húmedo y la llevó a su cama. La preparó, la acostó y se puso acurrucado en su costado mientras le acariciaba el rostro.

—Ahora soy yo quien te protege. Estate tranquila que todo está muy bien. Sé feliz —le dijo su niño.

La besó en la frente aguantando las lágrimas, cuando su madre cansada cerró los ojos.

—Ahora descansa. Siempre te buscaré en mis sueños y bailaremos hasta que el sol vuelva a aparecer, mi hada de los dientes.

CORAZÓN CIEGO

Érase hace un tiempo, en un pequeño pueblo, vivía un peculiar muchacho. Su nombre era Mirlo. Un joven bondadoso, hermoso, dado a quien su ayuda necesitaba. Tenía un alma sensible y estaba dotado de una voz dulce y musical que embriagaba a quien le interesara. Pero tenía una contrariedad, era apartado por su sensibilidad. Despreciado por no ser como los demás jóvenes, dados a borracheras, fiestas y gustos más mundanos. No era que no le gustara esto, lo que pasaba es que su prioridad era otra.

Llegó un momento que dejó de usar su musicalidad por miedos a las risas de los que le rodeaban y que le apartaran. Esa situación le hacía daño. Se volvió solitario. Por otra parte, los amores que le podía regalar el mundo le esquivaban. No querían un muchacho que le recitara. Ellas querían machos más duros, bellos y robustos. No se sentía comprendido en su pueblo. Así que decidió buscar una oportunidad partiendo a la gran ciudad, donde nadie le conociera.

Al principio, sin conocer a nadie, no se preocupaba. Al tiempo sus miedos volvieron. ¿Qué pasaría si se mostraba como era? No quería estar solo toda su vida. Buscando algún tipo de ayuda, descubrió en un anuncio del periódico que había por la zona un brujo que decían que la vida te cambiaba. La nota escrita decía:

«Por un precio el pobre es rico,
el feo es transformado en hermoso, no lo dudes, sé feliz».

Fue a visitar al mágico personaje y lo encontró en un sórdido local de una sola habitación. Entró. Se hallaba sentado en una sola mesa, una figura tapada con una túnica oscura. El miedo le paralizó.

—Acércate, no te quedes ahí —la voz salió de la capucha y con una mano, el mago le hizo la señal de avanzar—, sabes que no te arrepentirás.

El muchacho entró tímidamente y se sentó en una pequeña silla, al otro lado de su interlocutor. El extraño ser se destapó la cabeza. Tenía el pelo rapado, el ojo derecho totalmente blanco y una cicatriz cruzándole la cara. Esa imagen le puso los pelos de punta.

—Cuéntame, ¿qué es lo que buscas? —interrogó el desfigurado—. ¿Dinero? ¿Belleza? Bueno, veo que eso no, ¿coraje? Dime tú.

—Señor —comenzó a contestarle el joven con la voz temblorosa— quiero no ser yo, ser menos sensible, más echado para adelante, más bruto y con menos musicalidad en mi voz. De paso, una figura más masculina, fuerte y robusta.

—Bueno querido, te concederé lo que deseas, pero... (siempre había un pero, claro, el brujo la bondad no la conocía y un precio alto le pediría) —dijo levantando el dedo lentamente— lo tienes que pagar. No con monedas. Lo que yo quiero a cambio es tu alma.

Eso le pareció buen precio porque hasta ese momento no le había dado más que tristezas. Firmó el contrato con la sangre de sus venas y entonces se produjo la magia. No fue doloroso. Solo sintió una pequeña punzada en su corazón y acto seguido vio cómo la estancia daba vueltas. Inmediatamente se desplomó. Al cabo de un rato abrió los ojos y estaba tumbado en la puerta de un local cerrado. Las ventanas se encontraban cubiertas de polvo. Se levantó y miró tras los cristales. El local estaba abandonado. No podía ser. En ese momento se fijó en su reflejo: mostraba un cuerpo el doble de grueso que el original; había crecido unos centímetros más. Estaba estupendo. Entonces vio que sus brillantes ojos verdes estaban algo apagados. No le preocupó. Con esa melena larga hasta los hombros donde antes tenía un corte más apurado, lo demás, no era importante.

—¡Joder! —exclamó en alto, y notó su voz grave, ruda.

Sonrió y se sintió seguro de todo. Buscó nuevos amigos mientras disfrutaba de noches en bares con ellos, riendo, discutiendo. También conquistando muchachas frías, de mentes vacías. Su vida había cambiado. En esos días no sentía ninguna necesidad de cantar ni de producir palabras hermosas. Le importaba poco su pasado, tenía otras prioridades. Uno de esos momentos de diversión, conoció a una bella joven de la cual se encaprichó. Se acercó y algo en su interior se removió. Sabía que quería estar con ella y con ninguna más. La muchacha era ciega, por lo tanto, solo podía conquistarla con su voz. Su voz era como la de cualquiera. Se dio cuenta, en ese momento, que ya no era la suya. Sus palabras sonaban fuertes. Intentó de alguna manera recitarle, cantarle, pero la entonación no era muy agradable y no hacía nada más que distanciarla. Deseaba que sintiera lo mismo que él, que se enamorara, pero en ese estado le era imposible. Se apreció hundido porque si hubiera sido el que era en el pasado, lo hubiera logrado. No le gustaba su nuevo yo y quería volver a ser quien había sido. Sin darse cuenta se fue separando de sus amigos, de las fiestas y se aisló del mundo. Solo podía pensar en su bella princesa. Volvió a la soledad de otros tiempos. Estaba decidido a echar marcha atrás y por lo tanto fue en la busca del brujo. Como la última vez, al llegar a su despacho, todo estaba desolado, vacío y abandonado. Con desesperación se arrodilló en el suelo golpeando la puerta de madera. No hubo respuesta y se puso a llorar. Apareció, paseando, un elegante caballero de traje elegante grisáceo. Cubriendo su pelo corto y negro mediante un sombrero de ala corta. Este se le acercó.

—¿Qué te pasa muchacho? —le dijo el hombre.

Mirlo le explicó su historia.

—Pero si es lo que querías. El problema es que nunca te diste la oportunidad de ser quien eras. Donde antes te movías era solo un pequeño círculo. El dolor de no encajar te nubló equivocándote, te cegó a ti y decidiste hacer un pacto difícil de echarlo atrás.

—Estoy perdido —dijo el muchacho cayendo al suelo lentamente, sentándose y cubriendo con sus manos el rostro.

—He dicho que era difícil, no imposible. Me presento —dijo ofreciéndole la mano.

El chico se la aceptó, aprovechando el primero para levantarlo del suelo.

—Soy el hermano del vil brujo. Él es malvado, pero yo soy el de corazón noble, por lo tanto, intentaré ayudarte —dijo mientras se disponía a explicarle—. El trato es que tendrás tu voz por una hora, escucha bien, por una hora. Ese es el tiempo para conquistar su corazón. Si lo consigues, recuperaras tu alma, que nunca debiste regalar y ella verá quién eres. Sintió una punzada de esperanza en su pecho y fue a la búsqueda de su amada. Cuando la encontró le cogió las manos y le dedicó unas lindas palabras:

En el devenir del tiempo
me sentía perdido
buscando corazones
que no estaban en mi destino.

Quise romper mi alma,
venderla más que nada
para que, entre otros seres,
ser mi persona aceptada.

Como un vil engaño
ante un ser puro,
con mirada ausente,
me encontré y no juzgaba.

Eres la salvación deseada
aquella que me abre los ojos
porque por tal belleza
yo volvería a mis entrañas.

Quiero que me veas
en el interior de mi pozo
y la visión de mi amor
para ti se haga clara.

Porque aún sin verme tú
yo te he amado,
porque aún sin verme yo
sin ti estoy desgarrado.

Ámame bella dama
porque abrir los ojos quiero,
sentir que me ves
con el sentido del querer.

Se atrevió a besarla sin ser rechazado y al separarse vio como una lágrima a la chica le caía por la mejilla.

—¿Qué te pasa hermosa mía? —preguntó preocupado Mirlo.

—Eres tan bello. Tienes un corazón que necesita ayuda, pero en el fondo es puro. Te estoy viendo con mis ojos, no sé qué me pasa, pero te amo.

El mago había hecho su magia, el muchacho tenía su alma y ella podía ver.

—Aprende que los miedos no pueden pararte y que la gente mala existe. Esta razón no debe cegar tu corazón para poder ver a las bellas personas que te están esperando.

Así aprendió una lección y en un espejo se miró. Su reflejo le mostró que volvía a ser él y su hermosa amada lo abrazó para ser felices por siempre.

LA LUZ DE LA ESPERANZA

Vivía en una ciudad de sueños, un muchacho fantasioso. Se llamaba Loren. Tenía una constitución corporal de la media. Era rubio con un rebelde flequillo que caía como cascada por la frente; sus ojos verdes se presentaban brillantes de alegría eterna; y un joven enamorado de letras con pluma firme y bella. Tenía un mundo entero por explorar hasta que llego él, su hermoso compañero, Rubén. Este era de carácter cariñoso y divertido. De constitución igual que su compañero, pelo moreno con rizos controlados que le llegaban hasta las crejas y con unos ojos miel de una profundidad gris. Por su amor dejo sus ilusiones y desvió su camino. Todo era perfecto, la pareja estaba ilusionada porque la vida le sonreía. Pero la vida les dio golpes duros. Sus finanzas estaban al límite. Rubén perdió su trabajo por su soberbia que demostraba ante la competencia. Loren, por su parte, estaba terminando sus estudios universitarios y se encargaba de la casa. A causa de todo esto, tenían lo justo para comer. En poco tiempo desapareció la alegría del rostro de Rubén. Se esfumó toda su bondad, su dulzura y cariño. En cambio, él seguía sonriendo, ya que era de alma positiva y de alguna manera siempre buscaba cómo salir adelante. Su compañero no lo soportaba, no sabía cómo podía ser feliz.

—No te preocupes —le tranquilizaba Loren cuando veía a su pareja de mal humor—, buscaré algo de trabajo y dejaré de lado mis estudios. Con nuestro amor podremos salir adelante. Todo lo podemos conseguir juntos.

—¿Crees que de amor se puede vivir? —le recriminaba Rubén con desprecio—. Deberías dejar de estar todo el día escribiendo, ni que te creyeras bueno.

Así era últimamente. Su amante odiaba que escribiera porque Rubén decía que no servía para ganar dinero. Para él era el único sueño que le quedaba. Después del cambio de Rubén era lo que le hacía levantarse por las mañanas. Al pasar los días, presentía que le daba asco a su compañero. Las noches de sexo eran muy amargas y su rostro denotaba disgusto después de terminar. Las mañanas se empañaban de silenciosas lágrimas. A Loren usar la tinta le hacía olvidar esos momentos amargos. Llegaron al límite, no pudieron pagar la electricidad y se la cortaron. Además, tampoco podía plasmar sus letras en el folio en blanco por las mañanas, ya que hacía enfadar a Rubén. Las creaba después de poseerse, sin sentido en la oscuridad, y escribir sin luz era imposible. Loren, angustiado y triste, una noche se quedó en vela mirando por la ventana. Era invierno. Una capa de pulcra blancura cubría el paisaje y la luna se reflejaba en la extensa nieve. Bajo los árboles de un pequeño bosque, en un parque frente el departamento, parecía estar todo iluminado. Entonces, le vino una idea a la mente: cada noche, después de su dura rutina, cuando Rubén caía muerto en la alcoba, marcharía al bosque a escribir. La nieve era un gran foco y pasaba el tiempo con frío, tiritando, pero no se derrumbaba, la escritura era su pasión. Le daba mucha pena tener que dejarla. En cambio, su compañero al enterarse, no hacía más que recriminarle que se pondría enfermo.

—Es lo último que me faltaba, tener que cuidarte —se lo recriminaba con furia.

A Loren se le rompía el corazón en mil pedazos. Siempre había creído que estarían felices juntos, que se cuidarían pasara lo que pasara. Vio entonces que ese sueño ya no existía. En una velada después de una gran discusión en el piso, quiso alargar más su estancia en el bosque.

A causa de las altas horas se quedó dormido y agotado de sollozar. Se tumbó en la helada y blanca alfombra. Se dejó llevar por el sueño. Sin saber cuánto tiempo había pasado, alguien lo zarandeó y se despertó asustado. Delante de él se encontraba un hombre alto, fornido y vestido con un chaleco de terciopelo color de la sangre, sobre una camisa gruesa blanca. Los bordes eran dorados. Sobre sus piernas tenía unos pantalones negros de caída abombada. El rostro del personaje mostraba una cierta edad adulta, con una barba larga y blanca junto a un pelo del mismo color. Parecía un ser traído de una época pasada y lejana.

—Hola joven. No te asustes —le calmó el hombre al ver que el chico se echaba arrastrándose hacia atrás—. Soy el caballero del invierno y he visto lo que has estado haciendo. Vengo a ayudarte.

—¿De qué manera me vas a ayudar? —preguntó el muchacho un poco atemorizado aún.

—No dejes de escribir, no te rindas y llegarás lejos. Con mi magia yo protegeré tus noches de creatividad. No pasarás frío mientras la nieve vista estos campos. Termina lo que escribes, en ese momento vendré y me lo tendrás que entregar.

—No tengo nada que perder, así lo haré —aceptó el muchacho mientras se levantaba. Al levantar la vista e incorporarse, el mago había desaparecido.

Continuó con su entretenimiento en el bosque. Ya no pasaba frío, como si la misma tierra irradiara calor por las noches. Lo que pasa es que no siempre todo era tan fácil y al pasar los meses llegó la primavera. Con ella, la nieve se fundió junto a sus esperanzas. Para redondear su adversidad, Rubén ya no discutía con él, es más lo ignoraba. Aunque parezca algo bueno no lo era. Descubrió que dormía con un desconocido. También reveló que había alguien más que lo acompañaba en otro lecho secreto. Cuando lo advirtió se fue corriendo a su rincón. Al no ver ni una minúscula helada mota blanca, se puso a llorar tapándose el rostro con las manos. De pronto todo se iluminó. Descubrió su cara y observó cómo a su alrededor, unas luces pequeñas y brillantes bailaban e iluminaban el espacio. Eran luciérnagas que, con el templado tiempo, aparecieron.

Volvió cada noche al bosque a escribir, de nuevo contento. Ya no pensaba en el que estaba en su cama. Tenía su pluma y su papel que era lo más importante ahora. Al hacer un tiempo más agradable, alargaba más su estadía, antes y después de oscurecer. De esa manera terminó lo que estaba escribiendo. Con una gran sonrisa escribió la última palabra: Fin. Entonces la luz se hizo más resplandeciente. Ante él apareció un hombre, igual al que le visitó en invierno. Lo único diferente era que el color del chaleco era verde, el cabello y barba de color dorado cubrían su piel joven. Esta vez no se asustó.

—Hola joven —le saludó—, creo que tenías un compromiso con mi hermano, el caballero del invierno. Yo soy el de la primavera, mi magia hizo que las luciérnagas lucieran para ti. A cambio, me tienes que dar lo que a mi hermano prometiste.

—Claro —respondió Loren.

Se acercó y le ofreció su manuscrito.

—Un trato es un trato —reafirmó el escribiente—. Además, gracias a vuestra ayuda y vuestro apoyo podré escribir muchas cosas más. Siento que tengo esa fuerza.

El caballero cogió los papeles con su mano izquierda, con la derecha le ofreció su mano. Al recibirla el mágico personaje desapareció. Decidió ir a casa, tomarse unos días de descanso y mirar cómo se las haría para buscar un trabajo e irse de ahí.

Pasó una semana y la pareja ya ni se hablaba ni se miraba. Estaban desayunando en partes contrarias de la mesa de la cocina y mirando a diferentes lados, sin cruzarse la mirada. Llamaron al timbre de la puerta. Rubén se hacía el sordo, como si no se había enterado. Loren se levantó y fue hacia la entrada. Al abrir se encontró un hombre que le recordaba a esos caballeros. No podía ser, ya había pensado que todo fue un sueño. Además, este iba vestido más acorde a la época moderna, con un traje de dos piezas y azul marino; una camisa blanca y una corbata gris oscuro. Tenía una piel ya adulta cubierta por una barba anaranjada y en la cabeza le cubría un sombrero *borsalino* negro.

—Buenos días joven. Usted debe ser Loren —le saludó muy educado—. Soy propietario de una editorial, uno de mis hermanos me hizo llegar algo que habías escrito. Soy el señor del verano y mi otro hermano el señor del otoño, trabaja conmigo. Es reconocido por su negra barba y es quien se dedica a la distribución. Su libro es una maravilla, venía a hablarle para publicarlo.

Estuvieron hablando, Rubén los miraba a escondidas detrás de la puerta de la habitación. Se levantaron, se dieron la mano y el joven lo acompañó a la puerta.

—Vas a ganar mucho dinero —le informó el hombre antes de despedirse—, todos tus problemas se solucionarán. Solo una cosa, no dejes de escribir. A ello le debes el éxito que está por llegar.

—Así lo haré, lo prometo —le dijo Loren cerrando la puerta.

Al voltearse, Rubén estaba detrás de él. Se le abalanzó encima y le dio un beso de aquellos que Loren ni se acordaba. Estuvo toda la tarde muy cariñoso y muy amable, de repente era el que él había conocido en el pasado.

Por la noche Rubén le dijo que tenía unas cosas que hacer, pero que por la mañana lo invitaba a comer con un dinero que había guardado de unos trabajitos. «En vez de pagar la luz», pensó Loren. Este, con una alegre sonrisa aceptó la invitación y le dio un beso en esos labios que una vez deseó tanto. Su compañero se marchó.

—¿Qué es todo esto? —se oían los gritos de Rubén desde la habitación donde Loren aún dormía. Eran las diez de la mañana.

Salió al salón viendo cómo su pareja estaba desencajada cerca de sus propias maletas. Loren las había dejado preparadas la noche anterior.

—¿Qué es esto? —cuestionó Rubén enfadado.

—Que ya te puedes ir de aquí ahora mismo —le comunicó Loren excesivamente contento—. Nunca confiaste en mí, me humillaste usando un corazón frío, más que esa nieve que por las noches me quemaba. Te fuiste a buscar quien te calentara mientras yo sufría tus desprecios. Pero, ¿sabes qué? yo si creí en mí, también creí que cambiarías. Así ha sido, solo te importa el dinero que sabes que ganaré. Eso es lo que te ha cambiado de opinión para volver a quererme o estar a mi lado.

—Pero…

—¡No! Conseguí mi sueño sin la ayuda de tu amor. Ya sabes, coge la puerta y no vuelvas más.

EL VALOR DE UNO MISMO

En una ciudad muy lejana, donde los sueños iban y venían con descarada libertad, vivía un joven guapo y talentoso. Desde pequeño, su padre era un gran cantante que le enseñó a disfrutar de su voz mientras ponía palabras y notas a sus sentimientos.

Eran felices en su familia hasta que una fatídica noche, en un accidente de coche, su padre falleció dejándolo huérfano y a su madre viuda. Fueron tiempos tristes por lo que dejó de cantar y de escribir canciones, aislándose en su habitación. Al tiempo, un compañero de giras y conciertos de su progenitor, cantante también, a su madre conquistó. Con su propio hijo se trasladó a su casa. Vio a su madre de nuevo alegre y él volvió a sonreír. Se sentía feliz, con su nuevo padre y un hermano. Empezó de nuevo a escribir música y a cantar en su habitación, acompañado de su guitarra. De ese modo continuó con su pasión. Una noche su padrastro lo escuchó y entró en su cuarto.

—¿Qué haces chaval con tanto ruido?

—Nada padre, estoy preparándome para un concurso musical, ¿no te gusta?

—¿Gustarme? Es horroroso —opinó el hombre—, ¿no has oído a tu hermanastro? Él si lo hace bien, por lo tanto, él irá al concurso, tú no.

—Pero, yo...

—No me discutas, lo tienes prohibido —dijo mientras se le dibujaba una sonrisa maliciosa—. ¿Quieres que deje a tu madre ahora que es feliz?

El muchacho agachó la cabeza y dejó de cantar.

Las audiciones llegaron y su hermanastro ganó y le propusieron producir un disco. Fue a echárselo en cara, pero no estaba en su cuarto. Rebuscó en sus papeles y encontró sus canciones. Apareció el dueño de tanto arte.

—¿Qué haces aquí?

—Venía a enseñarte mi premio. Ya ves, soy mejor que tú. Nunca serás tan bueno, pero veo que has escrito cosas básicas y con poco talento, pero interesantes. Me las llevo y las modifico un poco.

—Te las puedes quedar, yo no valgo para esto. No soy tan ventajoso, tú sabrás hacer buen uso —dijo bajando la cabeza y dándole todos los papeles a su hermanastro.

—Gracias, ya te dedicaré alguna.

Su hermano triunfó con sus canciones. Por supuesto, sin hacer ningún cambio, pero él pobre joven creció con la idea de que era por el gran talento que tenía este. Él no sería bueno, nunca sería como su padre.

Pasó el tiempo, creció y comenzó a trabajar en un bar de música en vivo. Una noche vio a una mujer hermosa con una voz increíble y una belleza sin igual.

Tenía de compañera una chica, no bella en exceso y con un atractivo justo, ya se había fijado en el chico. Notó la conexión que tenía el muchacho con la cantante y se le acercó de una manera impertinente.

—No me digas que te gusta esa chica.

—Es hermosa y tiene una gran voz. Me encantaría conocerla y poder estar a su lado y quizás cantar con ella.

—Que estúpido, ¿acaso no te has visto? Nunca tendrás a una mujer así —le sentenció y con una sonrisa continuó—. Pero bueno, yo, si quieres, puedo darte cariño, no me importa que seas tan poca cosa. Después de trabajar podemos ir a mi casa.

No le atraía mucho pero, ¿qué más podía esperar? Quizás era lo que se merecía, una chica cualquiera, insensible y que por lo menos le hiciera compañía. Así quedaron, no lo pasaron mal al principio. Ella lo trataba con cariño, por lo tanto, se fueron a vivir juntos a la semana. Ahí todo cambió. Ella no estaba contenta, solo le humillaba con frases como: eres un inútil; siempre te quedarás en ese bar; sin triunfar, no vales nada; yo te quiero, te basta con eso; o suerte que no te deje. De ese modo iba pasando su vida, con sus sueños olvidados y acomodándose a no ser nada.

Una noche después de irse del trabajo, porque se encontraba algo mal, llegó a su casa y escuchó unos ruidos, más bien eran gemidos. Al entrar en su cuarto ahí lo vio todo, su hermanastro estaba poseyendo a su dama. Gritó, se enfadó y fue a golpearlos. Ella, dejando a su amante, lo agarró del brazo y le miró con desprecio a los ojos.

—¿Qué vas a hacer? Tú te lo has buscado, por ser tan poco válido para todo. ¿Acaso pretendías que solo me dedicara a ti? Da gracias que no te dejo. Ahora sal de la casa que no he terminado.

Así, se fue cabizbajo. Pensaba que no valía nada y por las calles vagó hasta llegar al portal del local donde trabajaba, que por la hora, ya estaban cerrando. Se sentó a un lado de la entrada y se puso a llorar. En eso que alguien le tocó el hombro. Alzó la vista y observó que era la bella cantante que un día le deslumbró.

—Oye Jorge ¿qué te pasa? —dijo la chica tocándole el hombro.

El chico le miró con asombro.

—¿Sabes mi nombre?

—Claro, canto en el bar donde trabajas ¿cómo no iba a saberlo?

—Bueno, no es normal que se fijen en mí, soy alguien insignificante. Destaco poco.

—¿Tú crees? —dijo mirándole a los ojos—. Tu cara me recordaba a un cantante a quien adoraba y me informé. Descubrí que tú eres su hijo y también por compañeros suyos supe que cantas de maravilla. Él era un gran artista y me dijeron que interpretaba las canciones que tú le componías.

Había algo dulce en esa mirada que le hipnotizaba, pero él prosiguió con la conversación.

—Te equivocas, nunca he sido nada. Solo lo hacía por cariño a mí, pero yo no era bueno.

—No te sigas maltratando, solo haz memoria. Tu padre te enseñó a que sacaras lo mejor de ti. Te has dejado llevar por las opiniones equivocadas y destructivas, mal intencionadas. La envidia de tu padrastro y su hijo, además de los celos de tu compañera. Tú eres bueno, lo sabes. Está ahí dentro y solo tienes que creértelo.

—No soy más que nadie. No soy nadie.

—Eso es lo que no entiendes. Claro que no estás por encima de los demás, eres bueno, fantástico, pero sin comparación. Eres mejor de lo que quieres creer. Saca lo que te enseñaron y solo cree en ti. Mírate al espejo. Sé sordo a lo negativo que te digan y que te sirva para avanzar o mejorar. Olvida esas malas voces. Quiérete, ámate y tendrás lo que deseas.

Entonces la bella dama se acercó, juntó sus labios y con pasión envolvió a Jorge. Este vio la verdad. Se vio triunfando, amando y siendo amado.

Desapareció. Al día siguiente no fue a trabajar y no pisó la casa que compartía con la infiel. Una semana después, una noche en el local de los artistas, su hermanastro cantaba como invitado especial. Este esperaba en la barra para que lo llamaran a escena. La camarera desalmada, que todo este tiempo había estado con él, se acercó rápidamente para hablarle.

—Han anulado tu actuación, te pagarán, pero quieren presentar a un nuevo artista.

Los focos iluminaron el escenario. En el centro, la bella cantante hizo un movimiento de brazo presentando a alguien, que salió por detrás de la escena. Era Jorge con su vieja guitarra. Cantaron juntos, también en solitario y presentaron sus nuevas canciones. Todos los asistentes se alzaron, lo vitorearon y se dio cuenta de que lo querían. Así aprendió que creyendo en él y valorándose a sí mismo todo era posible.

Las ideas y personas tóxicas debían desaparecer y así lo hicieron. Por la puerta, dos figuras, con rabia y el corazón negro, salieron y nunca más aparecieron.

MÁS ALLÁ SIGUE EL AMOR

Había en un tiempo, más allá de los recuerdos, un pueblo de campesinos que atravesaba las montañas del tiempo olvidado. En este paraje de lindos bosques, campos y un gran fresco lago, vivían dos jóvenes de rostros hermosos, sensibles y encantadores, Cálix y Uriel.

Cálix era un muchacho de esbelto cuerpo, causa de su trabajo en el campo. De ojos almendrados, del color de la canela. De tez café, tostada por el sol y una melena como la noche de luna, brillante. Sus cabellos caían en cascada sobre los hombros, y solo cuando trabajaba los recogía en una coleta. Era hijo de un matrimonio que trabajaba en su granja, solo tenían a él como hijo.

Uriel, un joven con un cuerpo delicado. Era un chico ocioso, que se dedicaba a estudiar las lenguas del mundo. Poseía unos ojos redondeados, de un azul que competía con el cielo de verano. Con un rostro aterciopelado, rosado como flor espinosa. Sus cabellos cortos se asemejaban a un cáliz dorado, eclipsado por un mechón de nube blanquecina. Era hijo de un hombre viudo, mercader y negociante.

Los dos muchachos se conocían desde niños y fueron compañeros de juegos, con una amistad leal que se truncó durante el invierno. Uriel tuvo que partir a la gran ciudad, más allá de los montes del después, para estudiar. Ese frío tiempo se echaron de menos, tanto que al encontrarse de nuevo y mirarse a los ojos se enamoraron. Esa ausencia les había demostrado que se necesitaban. Durante todo el estío disfrutaron de sus cuerpos, tanto sobre el heno fresco, como detrás de los árboles eternos y bajo los porches de los hogares vecinos. Pasaban sus horas teniéndose, juntando sus labios sabrosos, degustando sus esencias y catando el alcohol de sus deseos. Pero el otoño estaba a las puertas de los días, donde sus almas volverían a separarse. Pero Uriel estaba decaído, algo tenía que decirle a su amado.

—Querido príncipe. Los astros deben no desear que estemos juntos en nuestros cuerpos.

—¿Qué pasa amor mío? —preguntó a su amante con sus ojos detonados en preocupación y una voz quebrada.

—Mi padre, que se fue una semana antes, ha mandado noticias. Me avisa para que me despida de este paraje. Ha encontrado una buena mujer y se quiere casar. Mientras yo esté estudiando en los tiempos de calor que nos enlazan quiere que esté con ellos. Yo aún sin voz para decidir, al estar a su cargo, no puedo ponerme en contra.

Cálix se abalanzó sobre su compañero, abrazándolo. Regando su espalda con la lluvia, ya recorrida por sus mejillas, que destilaban sus faros entristecidos. Pasaron dos días intensos, sin pensar en lo que tenía que venir. Al tercero, fueron al lago a despedirse del paisaje testigo de sus caricias y enamoramiento. No podían hablar, tenían los dedos entrelazados mientras se miraban a los ojos a punto de explotar en gotas saladas. Entonces un remolino se formó en la orilla. El viento se levantaba furioso. Echaron unos pasos para atrás y de las profundidades apareció un ser de abdomen musculoso, ojos como miel fresca y cabello anaranjado que se juntaba con su barba en bucles de la tonalidad del atardecer. En la cintura, hasta el límite del líquido natural, se intuía una piel de brillantes escamas verdosas.

—No os asustéis bellos amantes —dijo aquel nuevo ser con la voz grave y profunda—, estoy aquí para ayudaros.

—¿Y cómo harás eso, señor del lago? Debo partir al aparecer el próximo sol —dijo Uriel adelantándose a Cálix que le sujetaba la mano desde atrás.

—No puedo evitar que partas, pero sí que estéis conectados hasta que puedas volver.

—No veo cómo sería posible —dijo Cálix entre sollozos.

—Soy el rey de este mundo acuático, perteneciente a la raza mágica de los Dráqüas. Mi poder es elevado.

Entonces, el Rey Dráqüa puso la palma de su mano derecha en la superficie cristalina y un rayo de luz los cegó por unos segundos.

—Tú que te quedas aquí, podrás venir y pedir ver a tu amado. Tú que partes, con un espejo hecho con el material de los corales dulces de mi mundo, podrás hacer lo mismo —les dijo a ambos de forma imperativa.

El gran señor del paraje introdujo su otra mano en el agua y al volverla a sacar poseía en ella un espejo de marco plateado, de talla tal que una palma. Se lo ofreció a Uriel. Los dos chicos se abrazaron felices y se besaron.

—Pero solo una cosa —dijo mirándolos fijamente—, el conjuro se romperá en cuanto uno de vosotros traicione al corazón del otro.

Ambos miraron al ser y quedaron expectantes y al mismo tiempo sobrecogidos. El rey desapareció dejando tras de sí dos corazones esperanzados.

La pareja pasó la noche en una pequeña cabaña de pescadores a orillas del que sería su reflejo mutuo.

—Prométeme que no me traicionarás —le dijo Cálix mientras lo abrazaba, al tiempo que el sol de la mañana entraba por una pequeña ventana.

—Te lo prometo amor mío —le dijo mientras le besaba.

Uriel se fue a cumplir con su deber. El padre se casó por todo lo alto con su amada y compraron una casa grande y lujosa.

Mientras tanto, cada día al atardecer, Uriel miraba en su espejo mágico a la par que Cálix en el lago fantástico. Iba bien la situación hasta que un día el estudiante se excusó por no poder cumplir con la cita, ya que tenía una reunión con sus compañeros y amigos. El campesino se quedó triste, pero sabía que lo vería la tarde siguiente. Las semanas se hicieron meses y las ausencias eran más habituales. Una vez a la semana se convirtieron en días alternos. Cuando se veían se contaban todo lo que vivían, a quien conocían, la atracción hacia otras personas, pero nunca explicaban cómo terminaban. Cálix intuía lo que había más allá de los silencios. Lo entendía porque él, también callado, se dejaba llevar por mercaderes extranjeros. La esperanza de ambos fue que confiaban en que esos momentos solo eran fortuitos y que a ninguno de los dos le diera a otra persona ese tesoro tan preciado, su corazón. No consideraban una traición el ofrecimiento de cariño a otro de forma habitual. Los dos sabían que sus corazones eran tan fuertes que nunca se romperían. Se deseaban, se querían, se amaban, aunque la distancia fuera dura y las experiencias no fueran compartidas.

Los meses se hicieron años. Una tarde Cálix se acercó, como siempre, a la riba donde iba a encontrarse con Uriel. Rezó por él, como cada vez. El agua estaba en calma, no se movía, su imagen permanecía sola, sin cambio. ¿Dónde estaría su amado? Lo intentó otros tres días seguidos, pero nada cambió. ¿Le habrían robado lo que más quería? ¿Se habría enamorado de algún encuentro? Lo sabía en su interior, lo sintió, el conjuro se había roto. Se arrodilló con sus manos en la cara y empezó a llorar. Su salada esencia se mezclaba con la dulce del lago.

—Amor —dijo una vocecita.

No sabía si estaba soñando. No veía a nadie entre lágrimas vivas. «Sería la voz de su anhelo», pensó. Se destapó el rostro y vio en el agua la imagen reflejada de su amigo. La estampa era extraña. La suya aún seguía cerca de la nueva. Entonces, fue cuando notó una mano suave en su hombro. En segundos, giró la cabeza y miró alto. Ahí estaba, tan hermoso como siempre, con la diferencia de que ahora llevaba una barba que le hacía más adulto. Era su amor.

—Perdón mi vida —dijo cogiéndole de una mano y ayudándole a levantar—. He estado cuatro días de viaje. Me olvidé mi objeto de magia en la ciudad.

Cálix se acercó y lo abrazó llorando de felicidad por tocar ese cuerpo deseado.

—Ya no lo vamos a necesitar —prosiguió el recién llegado—, nunca te he dejado de amar, nunca lo haré. Hablé con mi padre y al conseguir terminar el curso excelente, me ha ofrecido la antigua casa para venir en verano mientras siga estudiando. En el futuro podré instalarme aquí contigo para siempre.

—No me has traicionado.

—Nunca traicionaría a mi corazón que es el tuyo.

Se unieron en un beso que duró para toda la vida, al amparo y protección del rey del lago.

EL CIRCO DE LOS MONSTRUOS

Vivía en una ciudad más allá de la memoria, un muchacho altanero llamado Víctor. Poseía una imaginación descontrolada la cual le hacía escribir cuentos, aventuras y algún bello poema. Un día una camioneta pasaba por delante de su casa anunciando algo que atrajo su atención. Un circo se abría esa noche, el "Circo de los Monstruos". Le vino la idea de que ahí podía encontrar su inspiración perdida, ya que últimamente sus escritos no eran tan magníficos. No le importaba demasiado porque, a esas alturas, tenía lo que quería, el alimento para su soberbia ya era abastecido. Quería volver a escribir como en el principio, pero algo le pasaba: no era capaz de organizar sus historias y eso le hacía flagelarse el alma pensando que, siendo el mejor, no podía fallar.

En un principio, Víctor fue aplaudido por los que le querían, aquellas personas que le rodeaban en su pequeño hogar mostrándole sentimientos verdaderos. Ellos fueron los que le animaron a escribir su primer libro. Sin embargo, no fue siempre de este modo.

Después de su primera obra, a continuación, llegó la segunda y el tercer libro. De esta forma se hizo un nombre entre los círculos de las letras. Aquí, ya se regodeaba con los grandes escritores y a la gente que siempre habían estado cerca desinteresadamente los apartó de su vida. Para él ya eran poca cosa, comparado con las personas que se relacionaba. En poco tiempo se convirtió en un ser orgulloso y déspota.

Un día llegó al circo vestido con sus mejores ropas, muy elegante y espléndido, y se sentía una estrella. Pero algo le incomodaba. Se dio cuenta de que nadie de los que estaban allí se fijaban en él. Se sentía uno más y eso no le hacía ninguna gracia. Muy diferente a cuando se encontraba en su círculo de aduladores, quienes le regalaban grandes palabras a sus oídos. Estaba acostumbrado a estampar su nombre en hojas de dedicatorias vacías mientras lo rodeaban de adoraciones. Eso le hacía sentir importante, ser alguien. Entonces, algo le llamó la atención al fijarse más detenidamente en los asistentes del espectáculo. Eran elegantes, altivos y enamorados de sí mismos, por eso ni se fijaban en los demás, como se veía él cinco minutos antes. Esto le provocó una leve sonrisa. Todos eran como él, sabían de sus virtudes. No como esas pobres almas sin arte ni valor, que había dejado atrás con el nombre de amigos. En el mismo acceso, cuando le tocó el turno, después de pagar la entrada a un insulso trabajador, se topó con un gran espejo. En él pudo apreciar su grandiosa y hermosa figura. Se observó en todo su esplendor, ese porte de un cuerpo entrenado entre sudores y aliento masculino de gimnasio. Una barba corta bien perfilada, áurea como su bolsillo, separada del cabello corto del mismo tono y por un costado afeitado. Algo le desconcertó en sus ojos celestes, normalmente claros: tenían ausencia de brillo, estaban apagados y sin emoción. Al momento se acordó que estaba ya muy acostumbrado a ver esa mirada, era el precio del éxito.

Sin darse cuenta, en ese momento, algo le vino a la memoria por un segundo, se había convertido en un avaricioso lleno de envidia. Era capaz de humillar a cualquier principiante para que no le pasaran de nivel, aunque pensara que fuera imposible. Su vida a la larga se había llenado de traiciones, mentiras y robos de inspiración, porque la suya se había dormido. Por eso estaba ahí, esperaba que el espectáculo le devolviera algo de su creatividad. Al llegar y sentarse en su asiento todos sus pensamientos desaparecieron, no tenía de qué preocuparse. Las luces se apagaron. A continuación, un foco iluminaba el centro del escenario donde enseguida apareció el jefe de pista. Se mostró vestido de negro, su rostro estaba tapado por una máscara de cuero y en la mano derecha tenía una fusta haciendo de batuta.

—Queridos visitantes. Acomódense porque van a ver monstruos que nunca hayan visto a causa de una ceguera en sus mentes. Pero no se engañen, están con nosotros, ya que, los peores monstruos, somos nosotros mismos. Mi nombre es Súper Ego y les voy a acompañar en este viaje de seres no tan imaginarios. ¡Que empiece el espectáculo!

Víctor se sintió incómodo con esas palabras, su corazón le apretaba y se había acelerado. Quizás fuera por las emociones. No le dio mucha más importancia. Todo volvió a la oscuridad. Un foco alumbró enseguida la parte derecha de la pista. En el lugar, había aparecido una jaula de cristal. En su interior se encontraba una dama con el pelo largo, moreno y con la cara tapada levantó las manos y los nudillos, estaban ensangrentados. Iba vestida con un camisón blanco, solamente, y estaba descalza. Delante se encontraba un espejo, el cual empezó a golpear mientras lloraba y se ponía a gritar. Después, se tapaba el rostro con las manos ensangrentadas. A continuación, comenzaron a aparecer más espejos alrededor, a los cuales también comenzó a golpearlos como al primero hasta romperlos. Los cristales se le empezaron a clavaren los puños. En los espejos solo se reflejaba su propia imagen, nada más. Y un grito desgarrador hizo temblar a Víctor.

—Dame tu belleza, ¿porque la tienes tú? La quiero para mí, tú no la puedes tener. Yo soy la única que debe tener lo mejor —dijo la mujer golpeando el último espejo y tirándose sin sentido al suelo.

—Ahí tenéis a la envidia —dijo la voz del jefe de pista—. Tan mal ve uno lo que tiene que no le es suficiente. Quiere lo del otro, hasta tal punto de desear lo que su reflejo posee. Nunca entenderá que cada uno consigue lo que se merece de una forma honesta. No verá que el espejo se termina rompiendo si lo golpea tantas veces.

De nuevo todo a oscuras. Esta vez se enciende un foco a la izquierda del escenario, apareciendo otra jaula. Esta vez, de barrotes de metal. Dentro se hallaba un caballero con un traje oscuro hecho jirones. Enseguida apareció una cuchilla de la nada que le rasgó el brazo produciéndole un corte del cual empezó a brotar un reguero de sangre. El hombre no se movía, estaba inerte. Otra vez, apareció una nueva cuchilla que le rasgó el otro brazo. Seguidamente, en las piernas... y enel pecho. La ropa desapareció delante de los ojos de los espectadores. Iban saliendo más hojas afiladas que dañaban su cuerpo desnudo. Pasaban por un pezón, luego otro, por el estómago y la espalda. En aquel momento se vio salir una espada de doble filo que acabó cortándole el miembro. En la cara del personaje se dibujó una mueca de dolor contenido. De su boca no salió ningún sonido. Se había quedado indolente y pasivo ante tal crueldad.

—El orgullo —dijo de nuevo el presentador—, el monstruo que no nos deja mostrar lo que sentimos para que nada nos dañe y no demostrar debilidad. Así es nuestra imagen, por encima de todos. Pero, de lo que no nos damos cuenta es que el daño duele y que si no vamos con tiento nos puede desangrar por dentro.

Otra vez el entorno se volvió negro. Otro foco alumbró la zona derecha. Una nueva jaula de cristal aparecía en escena. Dentro había un hombre acurrucado en una esquina, solitario, vestido con ropa de calle, tejanos y camiseta. Frente a él, otros, idénticos a su figura, dándole la espalda. El hombre de la jaula Intentaba levantarse, pero no podía. Una presión se lo impedía, se arrastra para acercarse a los otros y esa fuerza no le deja avanzar. Frente a sus ojos veía como cada uno de sus iguales iban cayendo inconscientes. Pegaba gritos, pero no se oían. Su voz había desaparecido y su rostro se desencajaba de desesperación.

—La traición nos hace cometer cosas crueles contra los demás, lo hacemos para sobrevivir en un nivel alto de vida y llega a ponernos en contra de los nuestros. Al final nos traicionamos a nosotros mismos hasta acabar solos y sin poder gritar porque, ahora ya, nadie nos oye.

Después de una nueva falta de luz apareció otra a la izquierda. Esta vez, entre los barrotes de metal, había un hombre igual que el anterior rodeado de pantallas donde se divisa su vida pasada, junto a sus amigos y a su familia en un lugar que fue su hogar. El señor escupía a esas pantallas. En el mismo momento le iba cayendo, desde lo alto y sobre su cabeza, su propia entraña. No paraba de escupir mientras aparecía la imagen de otros compañeros de profesión y los trabajos de otros autores novatos. Se podía apreciar en el suelo un montón de basura que cogía con sus manos desnudas y la usaba como su saliva, lanzaba los desperdicios a las mismas pantallas. Mientras, la misma basura iba cayendo encima de su ser y cubriéndolo de desperdicios.

—El desprecio. Pensamos que lo que queda atrás no vale más de lo reciente. Todos los que no nos siguieron no están a nuestro nivel. Vamos apartándolos como basura sin darnos cuenta de que esa misma mierda la estamos acumulando a nuestro alrededor. Claro que nos damos cuenta, pero no hacemos caso dado que nos queda la certeza de que estamos por encima de los demás.

A Víctor, en partes iguales, le desagradaba y le encontraba un punto de atracción. Ansiaba ver más. Entonces, después de nuevamente apagarse las luces, un foco iluminó el centro de la pista. Esta vez, en el interior de una nueva jaula de cristal se podía ver una mujer bella y elegante con un vestido largo de color rubí, calzando unos brillantes zapatos rojos de tacón. Bajo sus pies se encontraban varias mujeres como fotocopias suyas. Comenzó a clavar sus tacones en los pechos de las mujeres que tenía bajo sus pies, en las espaldas, en los ojos y en sus bocas los hincó. Se sentían, aún sin oírse, unos gritos mudos de desesperación por el movimiento agitado e incoherente de sus cuerpos. Una de ellas se puso en pie, sin distinguirse el color del vestido manchado con su propia sangre. Levantó su mano y, decidida, la introdujo en el pecho de la que le estaba dañando y le sacó el corazón. Por un momento, no se movían ninguna de las dos, parecían dos estatuas enfrentadas. Solo en un momento se sonrieron y el músculo del amor que sostenía una de ellas ya no era rojo, sino del color del cemento.

—Delante de vosotros, el peor monstruo de todos, el que los congrega a todos los demás. La soberbia, el mejor de ellos. Es el que está por encima. Sobresaliendo sobre todo ser viviente que posee un corazón sin vida y duro que no produce latido alguno. Su sentimiento está muerto.

La luz volvió a apagarse y Víctor se quedó atrapado en el asiento. Quiso salir de ahí, quería correr. La angustia y el miedo lo tenía intranquilo, pero, termina dándose cuenta de que no se puede mover. De repente se encienden varios focos. Uno a uno van apareciendo sobre los asistentes mientras se oye una voz, masculina y cavernosa, en cada ráfaga de luz.

—Envidia.

—Orgullo.

—Traición.

—Desprecio.

Los asistentes que se iban iluminando se tapaban el rostro con las manos y se encogían en sus lugares. De nuevo, volvió la oscuridad y, sin pasar unos segundos, un foco lo iluminó a Víctor.

—Soberbia —dijo deslumbrándole el jefe de pista.

Tras la máscara de piel, percibió unos ojos negros que lo penetraron en lo más hondo de su ser.

—Todos aquí sois los monstruos de este circo, y tú —dijo señalando a Víctor mientras le apretaba sus abdominales con su delgado dedo enguantado— eres el más grande y el peor de todos ellos. Solo si dejas atrás estos otros seres horribles volverás a ser el que eras. Igual que todos los demás ahí fuera. También volverá tu inspiración, pero sin ser más que nadie, solo uno más. Pero si te quedas aquí conmigo, no necesitarás nada más. ¿Quieres entrar en mi mundo? Serás el más admirado de mis criaturas y te convertirás en un dios de mi mundo.

La uña de ese ser se clavó en la piel de Víctor tras su camisa blanca, vio como una gota de sangre manchaba la tela. Pudo sentir el aliento desagradable, putrefacto y su cuerpo respondía en arcadas.

—Es raro que no te guste este aroma, si es el mismo que tú desprendes. Acepta mi propuesta.

—¡No! —gritó Víctor.

Víctor despertó solo en su asiento. Todos los demás se habían ido. Fuera la mañana empezaba. Había estado toda la noche en ese lugar. Pudo ver, al girarse, que por la puerta de la carpa del circo entraba una ligera luz. Se volvió a su posición dejando la vista perdida hacia el escenario, ahora vacío. Entonces notó una mano en su espalda que lo sobresaltó. Al darse la vuelta de nuevo estaba el señor que le había cogido la entrada, en la mano llevaba una escoba.

—¿Te vas a quedar a la siguiente sesión?

El muchacho lo miró aterrado, esos ojos los reconocía. Se levantó y se fue corriendo dejando tras de sí una sonora carcajada.

Pasó el tiempo y esa experiencia había cambiado a Víctor. Al tiempo, ya fue a buscar a sus amigos para pedirles perdón. Pensaba que no lo perdonarían, pero sí que lo hicieron. También fue a ver a su familia que tras muchos abrazos lo acogieron como si el tiempo no hubiera pasado. La inspiración le volvió a aparecer. Escribió un libro acerca de esa noche, con el que tuvo un récord en ventas. Fue número uno durante mucho tiempo, pero esta vez lo tenía claro, no iba a caer de nuevo en el circo de los monstruos.

HILO VITAL

Miguel vivía en un pequeño pueblo. Era un niño de pelo crespo, dorado, y pertenecía a una familia humilde, formada por su padre, su madre y él. Su mamá era costurera. Con sus manos, con gran arte, hacía sus propias prendas. Cose que cose pasaban los días los tres juntos muy felices. Un día, su querida reina, enfermó teniendo el niño once años y se marchó, allá donde solo puedes ir al final de la vida o quizás en sueños. Quedaron solos, el nene y su progenitor. Este, que solía ser muy atento y tierno, envuelto en la tristeza, se le fue oscureciendo el alma por la pena de la muerte de su esposa. Pasó el año y la casa había sido desatendida. La ropa ya no les servía, el hombre no quería que nadie tocara la aguja y el hilo en su hogar.

Día tras día Miguel le pedía prendas nuevas. En el hogar no había mucho dinero. Gran parte desaparecía detrás de las bebidas que al padre le hacían olvidar sus desgracias. Dándose cuenta un día de la situación el hombre tuvo una idea.

—Hijo —llamó al infante—, no podemos comprar nuevas ropas, yo no sé coser y no me gusta la idea de que otra mujer arregle los trapos de esta casa. Mis camisas no tienen botones, tus pantalones van ajustados con una cuerda. Yo a mi edad no podría aprender. Por lo tanto, te mandaré a que te enseñen a coser, bordar y tejer.

—No por favor —le suplicó el niño mientras sus ojos celestes se anegaban en sollozos—, me da mucha vergüenza. Es cosa de niñas y yo quiero jugar con mis amigos.

Pero su padre no atendió a razones, lo cogió y a la fuerza se lo llevó a una señora, ella le enseñaría a coser. A cambio, el hombre solo tendría que hacer los arreglos de la casa, ya que ella era viuda. El niño no se adaptaba. A duras penas no se pinchaba con la aguja y los hilos se le enredaban en los dedos. Se pasaba la mayoría del tiempo mirando por la ventana del taller viendo a sus compañeros de clase, corriendo y divirtiéndose. Para colmo todos se enteraron de su nueva situación y se burlaban de él. Para la señora era duro intentar enseñarle, pero era muy buena y con paciencia le enseñó todo lo que debía saber. Lo hacía mediante juegos y adivinanzas. Por cada acierto en la puntada, conseguía una recompensa: un bizcocho un día, algún trozo de chocolate otro... Cuando fue avanzando le dejaba ir un rato a jugar con sus amigos con el compromiso de volver cuando le llamase. Al poco tiempo apareció en la casa de la costurera una bella muchacha. El chico al verla se quedó prendado. Esos ojos miel brillantes, ese pelo como la corteza de un árbol centenario en ondas hasta la cintura, lo dejaron embelesado. Cuando la vio sentada al lado de su querida profesora le dio una punzada en el corazón. La habitación se llenó de aromas a jazmín y limón verde que lo transportaron a un valle fresco, lejano, más allá de las montañas. La mujer se levantó, le cogió de la mano y lo acercó a la joven.

—Querido Miguel, esta es mi hija —dijo acercándose al chico—, su nombre es Violeta y recibirá clases contigo.

El muchacho se levantó y le dio dos besos. Desde ese día se le dibujó en el rostro una sonrisa que no era capaz de hacer desaparecer mientras observaba esos ojos violáceos. Las clases las vio, desde ese momento, de otra manera. Quería demostrar a la bella joven lo bueno que podía ser. Y así, día tras día, entre juegos, bromas y competiciones de chavales, su labor aprendió a querer. Ya no le importaba lo que pensaran sus iguales. Sus manos eran ágiles, volaban con aguja e hilo entre telas y bordados. Lo que fue una obligación en pasión se convirtió. Los años pasaban y una herida nunca cicatrizaba. Le faltaba el amor de su madre. Su padre se había distanciado, ya no sentía su cariño. A los catorce años la señora le regaló un pequeño carrete de hilo dorado, brillante y hermoso.

—Este es un filamento mágico. Nunca se debe acabar. Hará que tu capacidad en este arte se transforme —le explicó la costurera y luego le advirtió—. Pero para eso el corazón lo debes tener limpio. Si se oscurece nada te quedará.

Al día siguiente no volvió. En los últimos tiempos, buscando la cura para su corazón, se había rodeado de malas compañías. Le ofrecieron medicamentos para la falta de felicidad y de esa forma su corazón se tornó gris. Usó ese hilo mágico para conseguir píldoras y pócimas que le daban un sentimiento efímero y vago de alivio que enseguida se apagaba. Cuando se le terminaba el remedio debía comprar más y de esa manera se le acabó el dorado carrete. Su mente cayó en un pozo oscuro y los infiernos ardientes quebraron su alma. Pasaron así los años. Cada vez era todo más sombrío. Los que decían ser sus amigos desaparecieron a la par que su fortuna. Se quedó inmóvil en el espacio, no podía avanzar. Creciendo en sentimientos vacíos y distorsionados se transformó en un adulto inseguro. Iba perdido, sin rumbo, por las calles oscuras y cuando la luz aparecía, se ocultaba en rincones inmundos. Sus ojos no tenían vida ni brillo, solo quería desaparecer. Una noche, perdido bajo luces tenebrosas, recién había cumplido los veintiuno, sin fiestas y sin cariño desfalleció. Permaneció en el suelo solo y derrumbado. En ese estado tuvo un sueño. Una bella mujer con su melena ya cana, de rostro dulce iluminado por dos faros marinos que desprendía todo ese amor que a él le faltaba, se mostró ante él, la conocía. Era su madre.

—Querido mío, mi ángel. No te derrumbes y limpia tu alma. Tienes ese don que de mí obtuviste. Hazlo más grande para hacerte enorme. Con aguja e hilo sigue hacia tus sueños y olvida la oscuridad de los errores —le imploraba, con su voz dulce y delicada, el bello espíritu—. Yo siempre te cuidaré desde tu corazón.

Notó una mano que le cogía las suyas, abrió los ojos y ahí delante de él había una bella muchacha.

—¡Oh, bello artista! —le dijo la joven hermosa con sus ojos color de flores lilas.

Él la miraba desconfiado

—¿No me reconoces? —le volvió a hablar dulcemente—. Soy la hija de quien te enseñó tu perfecto arte.

El muchacho se puso a llorar. Su corazón comenzó a arder. Quería sentirse en paz y querido. La muchacha le entregó una bolsita.

—Esto son las agujas y el hilo dorado de mi madre —dijo entregándole los objetos—. Hace un año falleció y antes de dejar este mundo me pidió que te buscara. También que salvara tu alma. Yo no tengo tal capacidad como tú, lo tuyo es magia. Sé que puedes aprovechar esta segunda oportunidad.

—No volveré a dejar el buen camino, pero necesito que estés a mi lado para avanzar —le contestó con un beso tierno en la mejilla y se levantó.

No se separaron. Limpió su espíritu y reconfortado volvió a coser. Sus manos volaban al compás de dos corazones. Unidos con sus agujas e hilo, de precioso oro, hacían diseños fantásticos, bellos y espectaculares que todos admiraron.

LA SOLEDAD DE LOS ÁNGELES

Él con sus ojos como el abismo marino, como el cielo reflejado en el espacio húmedo, miraba su balcón donde cada noche se acumulaba un buen número de gente en la distancia. En ese momento no estaba solo, pero cuando las luces de su pequeño espectáculo se apagaban, en realidad, nadie había a su lado. En parte sentía una gran soledad. Algo le faltaba.

Lázary había crecido en ese universo donde se crean las alas de felicidad, de esperanzas y solidaridad. Sedosas alas que algún día serían suyas, pero tenía que cumplir antes su misión. Lo que pasaba es que él era un ángel diferente, rebelde, bromista y juguetón. Su tarea era ayudar a las pobres almas perdidas y dirigirlas a la felicidad. Al llegar a la tierra no se tomaba muy en serio su tarea. Le gustaba más disfrutar de la compañía de esos humanos frágiles, de sus fiestas y entretenimiento.

Un día conoció a un chico con la mirada perdida, la vida de este estaba estancada en la negrura, sin destino y despojado de sueños destrozados. De tez canela y pelo tan oscuro como su alma desorientada. Al ángel se le aceleró el corazón, se apiadó de su tristeza. Con lindas palabras y conversaciones amistosas le hizo ver al chico lo que valía; el propio ser de luz confió en él como nadie. A cambio le dio su toda confianza, su cariño incondicional.

Su destino se trastocó, aprendió cuál era su misión y decidió seguir su rumbo. Al tiempo, tuvo que dejar que su nuevo amigo siguiera su camino. El joven tostado, antes de irse, le dio un beso nombrándole su ángel, por toda la ayuda recibida. Sentía que lo había salvado de su triste destino.

Lázary se quedó solo, pero le gustó la sensación de ayudar utilizando su alegría. Se puso en marcha con su deber y fue ayudando a otras almas. En ese tiempo se acordó de sus alas, por lo tanto, tenía que esforzarse para conseguirlas de nuevo. Ocurrió algo que no se explicaba: las almas de sus queridos nuevos amigos le importaban más que sus alas. Un día sin avisar apareció el capitán de su hueste de ángeles.

—Bello soldado de los cielos, ya es hora de que vuelvas con nosotros y conseguir tus alas —le informó.

El joven lo miró con tristeza.

—No quiero irme. Estas almas me importan y me necesitan. Cuando estoy con ellos el corazón me aprieta. No quiero dejarlos. Ansío quedarme en la tierra para ayudarlos.

—Sabía que dirías eso. No eres como los demás de tu condición, tu esencia se está volviendo humana. Siempre has sido especial —le dijo poniéndole una mano en el hombro y prosiguió—. No te voy a convencer de lo contrario.

Si quieres quedarte, vas a permanecer como humano. Cuando yo me vaya no recordarás nada de tu procedencia. Una cosa tienes que saber, en tu ser está ser un ángel y sentirás la soledad, la soledad de los ángeles.

—No tengo miedo. Así lo deseo —le contestó Lázary con seguridad.

Despertó en su cama. Había tenido un extraño sueño, pero ni se acordaba sobre qué trataba. Solo algunos flashes unidos a la necesidad de coger su bolígrafo y una libreta. Comenzó a escribir sus sensaciones, sus miedos y sus vivencias en esta vida. Su alma le obligaba a que alguien oyera sus cuentos. En ese momento tuvo una idea. Se conectó a su celular y, en una red social en directo fue leyendo los escritos de la vida que recordaba.

Así lo hizo todos los días cuando la luna aparecía. Entraron personas lindas. Cada vez más gente se unía y los comenzó a conocer. En privado, estas personas, le contaban sus historias. Él aconsejaba, les dedicaba su tiempo y sin pretenderlo les ayudaba. Desde ese momento todos los presentes le denominaron como su ángel, cosa que Lázary les discutía. Él era como ellos, uno más, ni mejor ni peor. Con sus problemas y sus caídas, aunque algo le faltaba. Su corazón sentía un vacío. Una de esas noches miró la profunda pantalla y clavó su sospecha. Todos se habían ido al terminar, estaba solo. «Se sentía solo aun teniendo a tanta gente», pensó.

—¿Quién me ayudaba a mí?, ¿quién me escucha? —le dijo casi gritando a la caja negra.

Se había acostumbrado a ayudar, a sentirse feliz por la felicidad de los demás. La de ellos era la suya. Pero, ¿y la de él? Recordó algo en su cabeza, como una advertencia perdida en el pasar del tiempo: «Padecerás la soledad de los ángeles». Entonces lo entendió. Era uno de ellos, seres que protegen y que nadie se da la libertad de decirles si están bien. Pero él no era así. Sabía lo que tenía que hacer, algo que nunca había hecho, ya que su corazón lo tenía cerrado en un arcón oscuro. Esa noche apareció en su balcón y contó su cuento. A continuación, les abrió su corazón con ese relato que trataba de él y sus angustias. La reacción fue inmediata, había más como él. Le escucharon y lo apoyaron. Comprobó que había más ángeles en su mundo. Ahí se sintieron todos unidos, como una gran familia. «Claro, porque al final si eres noble y dejas hablar a tu corazón, también tendrás nobles ángeles a tu alrededor», pensó con una gran sonrisa.

Sintió un pequeño hormigueo en su espalda.

Un capitán angelical sonreía en el mundo de los ángeles.

AGRADECIMIENTOS

Las prisas y las responsabilidades no nos dejan ver lo maravilloso de nuestro alrededor. Hubo un momento en que tuvimos que pararnos; no fue consciente, pero así ocurrió. En ese momento mi mundo se transformó en letras, mis anhelos y mis historias en cuentos. Me di cuenta de que me había olvidado de esos cuentos que de pequeño me relataban. Conjuntamente, pude observar que todos habíamos olvidado esos pedazos de fantasía. Cogiendo la frase de un grande, del maestro Hans Christian Andersen, «todo lo que ves puedes convertirlo en cuentos de hadas», me puse a ello y desde un balcón transformé mi vida y muchas circunstancias en historias mágicas, unas versionadas y otras parte de mi propia mente. De este modo mi primer agradecimiento es a ese autor danés que desde otro tiempo me ha inspirado.

Quiero dar las gracias a todo aquel que se acercó a mí a través de ese balcón, de *El balcón de Lázary*. A esos que formaron una familia en la distancia, compartiendo nuestras inquietudes entre leyendas y aventuras. A todos ellos, a los que vinieron después y a los que están aún ahí, aunque no pueda nombrarlos uno a uno porque me sentiría fatal si me olvido de alguno. Sin ellos, su acompañamiento, su apoyo, este libro no hubiera sido posible. Gracias por darme fuerza, seguridad y energía. Gracias, familia del balcón.

Entre todos ellos un agradecimiento especial a mi princesa, que me aguanta cada día a través de la red y el teléfono. La que me mima y me comprende. Por esas críticas que me hacen crecer, sin hacer daño, pero siendo clara. A ella, la gran Esther Fernández (@estherferex).

Un gran abrazo de agradecimiento al que es un príncipe de las letras, por sus historias a altas horas de la noche, por ser un amigo, más que eso un hermano. Con sus locuras y sus ocurrencias me pone de los nervios, pero gracias por dejarme ser parte de tu vida. Gracias, Jon Garate (@_.el_.loco_)

Otro es para un hermanito, el pequeño, aunque ya está bien hermoso. Que con sus idas y venidas me ha hecho ver qué es la amistad sin condiciones. Por estar pendiente de mis historias y dar su cariño. Gracias, Alfonso Genique (@alfonsogenique).

Un agradecimiento muy especial a quien ha hecho el prólogo con todo su cariño, quien me empujó a que no dejara de escribir, quien me ha guiado con su sabiduría de poeta, quien me cogió de la mano y me ha acompañado siempre en este mundo de letras. Uno que con su alma se convirtió en un gran amigo de toda la vida. Gracias, Antonio.

Dar gracias a mis dos lectores cero, que se tomaron el tiempo de leerme y darme sus consejos más sinceros. Gracias a mi admirado Javier Garrido (@javiergarrido.escritor) y a mi queridísima Esther Tapia (@soyesthertapia).

Dar gracias a un ángel que apareció en el momento justo, la que con detenimiento y mucho mimo ha hecho de mi texto una obra genial. Quien con su sensibilidad me ha llevado al camino de la mejora. Por su cariño y su calidad humana al revisar mi manuscrito. Que con su corazón ha escrito el segundo prólogo. Gracias, mi querida Patricia Castillo (@poetisaenredada).

Por descontado, a la editorial que me da la oportunidad de que este sueño se haga realidad. Gracias, Aliar Ediciones (@aliarediciones).

Quiero dar las gracias a mis hermanos, que de una manera u otra han formado parte de este libro, por estar en mi vida de una manera u otra. Porque pertenecen a mi vida. Gracias, Engracia Félix (@lucezita1997), Toni Félix (@tonifelixandreu), Emérita Félix (@ohara_meri12). También a mi familia, sobrinos, primos y tíos, que siempre están ahí.

A mi pueblo, Soller, el que me vio nacer, que con sus maravillosos rincones me ha inspirado más de una vez. Sus almas, que me arropan en este caminar, en limbo al límite del cielo y el infierno.

A mi compi, mi querido amigo, que me apoya, se interesa por mis letras, que entre noches y madrugadas de despeje me ha acompañado de todo corazón. Gracias, Elner Mendez (@elnerkiyoo).

Como no, a mi alma de vida, con quien comparto mi día a día. El que me soporta en mis andanzas, en mis desvelos y mis manías. Que me apoya en los logros y me consuela en mis derrotas. Sin su amor todas mis batallas no hubieran sido ganadas. Porque es parte inseparable de mí. A mi marido, a mi *amorzote.* Gracias Mauri; gracias, amor.

Y por último, y no por eso menos importante. Más bien son los que más importan. Sin ellos yo no estaría aquí. Sin ellos mi camino hubiera desaparecido. Dos ángeles que me guían desde lo más alto, a quienes les leo mis cuentos. Un hada que me enseñó a sonreír, a superar todos los obstáculos como un verdadero guerrero. Que con alegría y lucha me transmitió el sentimiento positivo ante la vida. A mi primer mago de los cuentos, quien me los leía en la noche, que los transformaba cada vez que los relataba. Por su amor por la lectura, la cual me arropó en cada momento. Gracias, mamá; gracias, papá.

Gracias a mí mismo, que la fuerza me lleva a vivir la vida como una auténtica aventura. Que el camino es un cuento y todos podemos ser partícipes de él.

ÍNDICE

Este libro se terminó de editar en Granada
en febrero de 2022 por

Aliarediciones

www.aliarediciones.es
info@aliarediciones.es